secession

secession

Mike Johansen

DIE REISE DES GELEHRTEN DOKTOR LEONARDO UND SEINER ZUKÜNFTIGEN GELIEBTEN, DER SCHÖNEN ALCESTE, IN DIE SLOBIDISCHE SCHWEIZ

ROMAN

Aus dem Ukrainischen übersetzt
von Johannes Queck

MIKE JOHANSEN

DIE REISE DES GELEHRTEN DOKTOR LEONARDO UND SEINER ZUKÜNFTIGEN GELIEBTEN, DER SCHÖNEN ALCESTE, IN DIE SLOBIDISCHE SCHWEIZ

Die Originalausgabe erschien unter dem Titel Подорож ученого доктора Леонардо і його майбутньої коханки прекрасної Альчести у Слобожанську Швайцарію

Die Erstausgabe erschien 1932, Рух (Rukh), Charkiw

Erste Auflage

Übersetzung: Johannes Queck
Lektorat: Christian Ruzicska
Korrektorat: Felicitas Fritzsche
www.secession-verlag.com

Umschlagentwurf: Eva Mutter, Barcelona
Umschlag gesetzt aus Isabella und Geometos Neue
Satz: Eva Mutter, Barcelona
Inhalt gesetzt aus Arapey und Now
Herstellung: Daniel Klotz, Berlin
Druck und buchbinderische Verarbeitung:
Friedrich Pustet, Regensburg
Papier Innenteil: 100 g/m2 Werkdruck
Papier Vor- und Nachsatz: 115 g/m2 Surbalin Glatt
Papier Überzug: 115 g/m2 Surbalin Seda
Printed in Germany
ISBN 978-3-96639-064-4

Caelum, non animum mutant qui trans mare currunt.

... only dull, thick-headed, loquacious idiots. Thus, landscape cannot be adequately treated in literature in the usual descriptive way. But if some writer should by chance come across the idea of shifting the reciprocal roles of the landscape and the acting persons, it would be quite a different thing. The persons, treated as mere cardboard puppets, as moving decorations can nevertheless impart proper movement to a description of a landscape (because of the natural tendency of the reader to follow their ways, as if they were real living people) and so a »Landscape-novel« could be made quite readable. But such a thing has still never been deliberately attempted.

(From an unpublished essay on »Landscape in Literature« by the author. Quoted for the use of critics only).

PROLOG

I

REISE! TRAVEL! VIAJE! ПУТЕШЕСТВИЕ! ПОДОРОЖ!

»Selbst der Stein, der rissig und verschlafen zwischen zwei alten Eichen am abgelegenen Ufer des bewaldeten Dinez lieg und auf dem emsige, rotbraune Ameisen umherwandern – auch er reist.

Nun ist der Mensch aber kein Stein. Der Mensch will mindestens die Umgebung seines eigenen Zuhauses bereisen, noch mehr aber ferne Länder.

›Wer nicht heute, sofort, in diesem Moment nach Indien fährt – der ist jeder menschlichen Lebenslust beraubt!‹ Dies sagte ein Freund, als er gefragt wurde, warum er sein Leben nur in seinem Zimmer verbringe. Und nachdem er das gesagt hatte, zog er, ohne von seinem Bett aufzustehen, aus einem Stapel Bücher einen dicken Katalog von Schusswaffen – sowohl manuellen als auch automatischen – der Firma Webley&Scott und bat darum, ihn nicht weiter zu stören.

Man erzählt sich auch, dass einst eine Gesellschaft lebensfroher junger Leute, Grundbesitzer und Bourgeoise, durch das Gebiet des ehemaligen Russischen Reiches reiste, um sorgfältig und detailliert zu untersuchen, welche Sakuska man am besten zum Horilka esse. An jeder Station der Reise betranken sich die jungen Grundbesitzer und Bourgeoise und aßen nach örtlicher Sitte, woraufhin sie von den Dienern auf ihre Zimmer verteilt wurden, um am nächsten Morgen gewissenhaft ihre Eindrücke der Speisen aufzuzeichnen und festzuhalten, inwiefern sich diese positiv auf die Angelegenheit des Trinkens ausgewirkt hätten. Leider verwehrte ihnen die Revolution die Möglichkeit, ihre Ergebnisse zu veröffentlichen, weshalb man nie erfahren wird, welche Sakuska man am besten zum Horilka isst, Asowsche Zährte, Kaspischen Hering oder Sibirische Pelmeni. Und es ist schwer vorstellbar, dass die antiästhetische, utilitaristische Sowjetregierung Geld für diese wissenschaftliche Forschungsarbeit bereitstellen würde.

Aber es kommt auch heute noch vor, dass Leute, die aus dem Ausland zurückkehren, lediglich davon berichten können, wie die Bäder in deutschen Hotels eingerichtet sind, was man in Paris zum Lunch bekommt, wie sich die Lakaien in London kleiden und die Bettwanzen in den Hotels in Spanien beißen. Man hat sich in den Körpern von Prostituierten mit dem europäischen Proletariat vereint und die proletarische Bewegung beflügelt, indem man dem Chauffeur zwei Mark Trinkgeld gab, auf dass er schneller führe. Dann ist man in europäischen Hosen in seine sowjetische Heimat zurückgekehrt, die Taschen vollgestopft mit Hygieneprodukten aus Gummi.

Nun, auch das ist eine Reise. Aber ich würde einem solchen Mitbürger anbieten, ihm eine Schiffsreise auf viel billigere Art und Weise zu organisieren.

Ich würde ihm Horilka zu trinken geben und als Sakuska zu jedem Glas eine Olive. Dann würde ich ihn seiner europäischen Hosen entledigen und in einen Bottich mit Salzwasser setzen. Anschließend würde ich diesen Bottich gleichmäßig schaukeln, und zwar so lange, bis er sich auf stürmischer See bei Windstärke 10 wähnte. Seine eigenen Schreie würden sich anhören wie die derben Kommandos eines Kapitäns und schon bald würde er denken, er wäre kurz davor, jenen allzu bekannten lettischen Hafen zu erreichen, den man in alten Anekdoten diesbezüglich gern besungen hat.[1] Nicht wahr, Rodolfo, alter Freund?«

So sprach der Reisende Don José Pereira zu seinem Freund, dem Irish Setter Rodolfo, der mit ihm gemeinsam durch die Steppe zog. Rodolfo, der bis dahin der langen Rede seines alten Kumpels ein wenig unaufmerksam gefolgt war (denn durch die Steppe flirrten die Duftvignetten einer Vielzahl von Hasen, zwischen denen plötzlich das Bild einer Trappe aufschien, gemalt in drei kräftigen Düften, realistisch und plastisch wie ein Mezzotinto, und es gab keinen Fleck, dem nicht die feinen Miniaturen unzähliger Wachteln eingearbeitet waren), Rodolfo riss sich unwillig los von dieser Kinoleinwand aus Düften und wedelte förmlich, aber doch recht liebenswürdig, mit dem Schwanz. Als er sah, dass José seine Sauer nicht von der Schulter genommen hatte, war er bedrückt darüber, dass Josés Worte wohl rein philosophischer Natur gewesen sein mussten und die Vernissage der Düfte sein Bewusstsein noch nicht erreicht hatte. Verwundert war Rodolfo darüber indes nicht – er wusste schließlich schon lange, dass Don José Pereira, sein alter Kumpel, derart blind gegenüber Gerüchen war, dass der fürchterliche, erdrückende, giftig chemische Gestank, den seine Damen absonderten, Don José nicht davon abhielt, sich mit ihnen im gleichen Raum aufzuhalten und ihnen gar die Hand zu küssen, ja, ihm bereiteten diese Düfte keine Kopfschmerzen, und manchmal lief er noch schnüffelnd umher, nachdem er eine solche Dame spät in der Nacht verabschiedet hatte, wobei sich auf seinem Gesicht ein seliger Ausdruck von Freude abzeichnete. So ungefähr dachte Rodolfo, während er wieder in die schillernden Farben der Düfte eintauchte, und Don José Pereira, zufrieden mit der Tatsache, dass Rodolfo ihm zuhörte und mit ihm einer Meinung war, weitersprach:

»Wir beide, mein roter Freund Rodolfo, befinden uns auf einer nur langsam voranschreitenden Reise, die jedoch mit Gerüchen, Bildern und Eindrücken erfüllt ist (›Für manche schon, für andere nicht‹, dachte Rodolfo skeptisch, als er die letzten Worte vernahm). Du wirst sicher zustimmen, dass eine Reise umso detaillierter wahrgenommen wird, je langsamer man ist und umso weniger detailliert, je schneller man ist; daraus entstehen ganz im Gegenteil Verallgemeinerungen, Pläne, Abstraktionen und Philosopheme.

Die schnellste Reise, auf direktestem Wege, unternimmt jener bemooste Stein, der am abgelegenen Ufer des Dinez unter zwei unsterblichen Eichen liegt. Die Erde trägt ihn wie die anderen Planeten um die Sonne, und gemeinsam mit der Sonne und diesen Planeten fliegt er weiß der Teufel wohin, jedenfalls schnell und sehr weit. Die Mulde, in der er liegt, ist seine weiche Kabine, und sein steinerner Geist sinniert über gigantische, abstrakte, astronomische Philosopheme.

Denke daran, wie wir beide mit dem Flugzeug von Berlin nach Moskau flogen und unsere Route über diese Steppen führte. Ein Planet war nicht zu sehen, und die Sonne erschien wie ein Milizionär vor einem himmelblauen Teich im Frühling, darauf bedacht, dass nicht irgendwelche Onkelchen Karpfen während der Laichzeit fangen. Die Sonne stand vor einem himmelblauen Teich und wir sahen auf die Erde. Die Erde erschien wie eine Reliefkarte. Wir sahen keine lebensfreundliche, fruchtbare Erde, sondern richteten eine Art administrativen Blick auf ein Gebiet, unter geologischen, topografischen, ökonomischen und agronomischen Gesichtspunkten. Die Bäche mündeten akkurat in die Flüsse, die Felder waren nach dem Prinzip der Sechsfelderwirtschaft aufgeteilt, die Wälder erstreckten sich genau auf den Flächen, die für sie vorgesehen waren und die Menschen bevölkerten die Erde gleichmäßig gemäß ihrer Zahl pro Quadratkilometer.

Als wir den Zug bestiegen, der uns schon weitaus langsamer von Moskau nach Cherson bringen sollte, stieg die Erde zu beiden Seiten senkrecht in die Höhe, wie zwei naturalistische Kulissen. Aus der Horizontalen erhob sie sich in die Vertikale, von einer Landkarte wechselte sie zu einer Theaterdekoration. Sie täuschte uns mit glänzendem Schotter, mit Steinchen entlang der Schienen, sie zog vor kleinen, stillen Seen einen Vorhang aus Kiefern auf, ließ ein Pferd auftreten, das auf dem Feld wieherte, sie arrangierte Szenen mit Massen von Verkäuferinnen und Milchfrauen an den Stationen – Stimmen erklangen und Münzen klimperten, die als Bezahlung für die Milch auf den Bahnsteig fielen. Aber der Zug setzte sich in Bewegung und erneut zogen die starren Szenerien der Landschaft vorbei – vertikale Pläne der Erde.

Noch langsamer und reichhaltiger wurde unsere Reise, als ich mit einem kleinen Bündel auf dem Rücken ein Fahrrad bestieg und du, mein roter Freund Rodolfo, es vorgezogen hast, hinter mir herzulaufen. Unser gerader Weg wurde krumm und unberechenbar, keine Schienen zwangen die leichten Räder auf ihre Bahn und die Erde bestand nun aus zwei Ebenen – einer vertikalen und einer horizontalen. Ziesel tanzten am Rand des Weges und flitzten in ihre Baue, Thymian verströmte seinen Duft, ein Mistkäfer krabbelte geschäftig des Weges, während ich ihn mit meinem Rad anpeilte und genüsslich sein käferliches Leben zerquetschte, die Spatzen zwitscherten und zerstoben vor dem Fahrrad wie eine Handvoll Hirse. Staub flog durch die Luft: der Reifen sauste über den Weg, meine Schlüssel plätscherten in der Tasche wie eine metallene Quelle, Wermut verfing sich in den Speichen und klapperte bei jeder Umdrehung.

Und jetzt haben wir das Fahrrad im Weiler und auch den Weg zurückgelassen. Wir schieben uns Stück für Stück vorwärts, verschwunden sind alle Pläne und geblieben ist nur das pralle, physische Leben. Nicht mehr die Räder, sondern meine eigenen Füße berühren jetzt den Staub und das Gras, und meine Augen, meine Ohren und meine Nase sind so voll des lebendigen Lebens, dass ich keine Aufzählung bieten kann. Lang-langsam laufen wir durch die Steppe.

Wichtig-gewichtig verlieren wir unser eigenes Gewicht in der Steppe. Willentlich-willens unterwerfen wir uns dem Willen der Steppe. An deinem angespannten Rücken, deinen feurigen Augen, deinem unruhigen Schwanz erkenne ich, roter Freund Rodolfo, dass du ohne Zweifel bereits in der Steppe angekommen bist. Deine Kindheit, die harten Jahre deiner Ausbildung, deine tadellose und anspruchsvolle Erziehung, all das entschwand wie ein Traum in der Steppensonne. Du feinsinniger, ironischer Ire bist bereits zu einem Wilden geworden und jagst auf den Feldern.

II

Die Tatsache, dass der Spanier Don José Pereira, seines Zeichens Tyrannentöter, und sein jüngerer Gefährte und Freund, der rote Setter Rodolfo, die taurische Steppe betraten, hat ihren Grund, so wie es sich mit allen Tatsachen in dieser und in jener Welt verhält. Nichts geschieht jemals ohne Grund - das nennt sich Gesetz der Kausalität.

Gewiss, es gibt Menschen, die dieses Gesetz nicht anerkennen oder es vielleicht gar nicht kennen. Ein bekannter Kritiker versicherte mir zum Beispiel einmal, dass der gute Stil, der brillante Aufbau der Handlung und die dramatische Spannung des Werkes, alles, was sich die Bourgeoisie in einem langwierigen Prozess aneignete, dem Proletariat von selbst unter die Feder fallen würde, wenn das Proletariat sich nur mit der Politgrammatik Kowalenkos vertraut machte, bevor es anfinge, Geschichten zu schreiben. Gewiss, dieser Kritiker ist ein bemitleidenswerter, halbverrückter Hysteriker, aber er hat es geschafft, schon viele Zeichen drucken zu lassen und wurde gerade in letzter Zeit positiv aufgenommen.

Nichtsdestotrotz kennen und respektieren die meisten Menschen das Gesetz der Kausalität. So zum Beispiel Jäger: Ein Jäger mag eine Ente dreißigmal hintereinander nicht getroffen haben, er wird, wenn er davon erzählt, stets exakt und präzise dreißig verschiedene Gründe anführen können, deretwegen er, in jedem einzelnen Fall, die Ente nicht getroffen hat. Derart unerschütterlich sind die Aufrichtigkeit und Gewissenhaftigkeit des jägerischen Denkens, dass nicht einer von ihnen sich aus Gründen der Sparsamkeit in Bezug auf die erzählerische Energie damit begnügen würde, nur für die seltenen Fälle einen Grund anzuführen, in denen er die Ente tatsächlich getroffen hat. Diese Tatsache verlangt für ihn nicht nach einer Erklärung und einen Grund dafür will er nicht suchen.

Ich dagegen muss jetzt den Grund darlegen, aus dem Pereira und Rodolfo, der Tyrannentöter und der rote Retriever, aus dem fernen Spanien in die Steppe gelangten.

Sie beide waren von vornehmer Abstammung. Die Großmutter Rodolfos gewann, als sie noch eine junge goldfarbene Hündin war, bei einer Ausstellung die große Goldmedaille und die gleiche Goldmedaille erhielt die junge goldfarbene Hündin bei den

Feldprüfungen für Hunde. Die Großmutter von Don José Pereira gewann keine Goldmedaille, als sie noch ein junges goldhaariges Mädchen war, dafür aber heiratete sie den Großvater Josés, Don Juan Pereira, und wurde auf diese Weise Teil einer altehrwürdigen Adelsfamilie, wenn auch einer sehr armen. Die einzige Erinnerung an vergangenen Reichtum, das goldene Familienmedaillon, hängte Don Juan Pereira, ein Schullehrer, seiner Braut eigenhändig um den Hals. In diesem Medaillon war seit Jahrhunderten ein Blutstropfen eingeschlossen, den Philipp V. dem Ururgroßvater Don Juan Pereiras aus dem Körper geschnitten hatte. Das Medaillon wurde später verkauft, aber der Tropfen wurde als Erbe an unseren Helden weitergegeben und unterstützte ihn auf dem heiligen Weg des Tyrannentötens.

Vor seinem Aufbruch in die Steppe plante Don José Pereira, den General Primo de Rivera zu töten, den Tyrannen Spaniens, den faschistischen Diktator. Zuvor hatte er im Auftrag von Bürgergruppen und Privatpersonen bereits zwei Generäle und einen Admiral getötet. Aber da diese Generäle sehr alt und unbedeutend waren und Don José mit dem Admiral eine persönliche Rechnung offen hatte, war er der Ansicht, dass er, um seine Karriere in Würde beenden zu können, einen echten Tyrannen töten und danach den Weg zum Galgen beschreiten müsste. So geschah es aus historischer Notwendigkeit, dass Don José Pereira, der selbst kein Teil irgendeiner Organisation war, beschloss, den spanischen Diktator zu töten.

Vorher allerdings wollte er unbedingt auf die Jagd. Es bestand kein Zweifel daran, dass es ihm nach dem Anschlag auf Primo de Rivera nicht gelingen würde, zu entkommen. Also nahm sich Don José eine Landkarte und begann, nach einem Ort zu suchen, an dem er seine letzte Jagd abhalten könnte. Um die Verantwortung für die Wahl des Ortes nicht selbst auf sich zu nehmen, rief Don José seinen Freund Rodolfo und zeigte ihm die Karte. Rodolfo, der bereits des Öfteren ein erstaunliches Gespür in Jagdangelegenheiten bewiesen hatte, tippte mit seiner Nase ohne Zögern auf die ferne Steppe.

Am selben Abend kaufte Don José Pereira sich und Rodolfo Fahrscheine für den Zug. Am nächsten Morgen fand er auf einem Markt in Barcelona zufällig die Grammatik Synjawskyjs und trennte sich nicht mehr von ihr, bis er in der Steppe ankam. Der Klang der ukrainischen Sprache gefiel ihm sehr.

Vil-vola, kin-kona, pip-popa ... skandierte Don José zum gleichmäßigen Rattern des Waggons. Dim-domu, kin-konu, bib-bobu ... deklinierte er die wunderbar klangvollen Worte, die ihn an das Läuten der Glocken in Barcelona erinnerten. Er machte sich daran, einen Satz zu bilden: *W tschys-tim po-li kraj do-rohy ja pere-stri-wa-ty-mu ... did ... doda i dawatymu jomu kusen chlib ... chloba.*

Did jisty-me chlib i kotyty-me bib ...

Und Don José dichtete kurzerhand:

»Ja pokynuv Barselonu,
- Kin-konu, lin-lonu,
Ne pobatschu jiji srodu.
- Lid-lodu; did-dodu.«[II]

III

Es war bereits Mitte August, und Don José Pereira und sein Freund, der rote Setter Rodolfo, zogen immer noch durch die ferne Steppe. Es war auch die Mitte des Tages und die Sonne stand fast in der Mitte des Himmels. Sie gingen geradewegs in Richtung des Vermessungsturms, hinter dem das Entengebiet begann. So hatte es Don Josés Gastgeber in Cherson, Bauer Mittko, gesagt. Don José und Rodolfo befanden sich in der Mitte ihrer Fußreise inmitten der fernen Steppe.

Sehr weit war die Steppe, überall war Steppe, über ihnen, neben ihnen und vor ihnen. Die Steppe umgab sie wie eine Unterlegscheibe, rund und ohne Ende. Die, die in den Bergen und Hügeln, auf den hohen Ufern des Flusses oder in den feuchten Wäldern lebten, würden die Steppe nicht sehen, wenn sie dort auf dem endlosen Ring umhergingen. Sie war nicht da. Die Steppe ist das, was es nicht gibt.

Es gibt keine Berge, keine Haine, keine Seen. Sie ist eine nichtsnutzige Unterlegscheibe, über der mystisch schimmernder Nebel wabert. Lautlos zittern die kupfernen Ränder der Weltenscheibe und auf ihnen, als wären es Gleise, drehen sich die Räder des Horizonts. Und ein Reisender musste die Mitte des Tages in der Steppe abwarten, um ihre Millionen berauschender Stimmen zu hören.

Die Steppe war von einem Geist erfüllt. Der Geist summte aus der Erde, aus den Wurzeln staubig dunkler Pflanzen, der Geist fiel vom Himmel, lief um die Wette mit dem Rauschen des Grases, waberte mit dem Nebel in der Sonne, starb im Flüstern des Sägemehls aus dem Vorjahr und erhob sich erneut: schoss in das Gras, schwoll an zu einem wilden, monotonen mongolischen

Orchester, heulte ohrenbetäubend, schlug mit wilden Flügeln gegen die unzerstörbare kupferne Scheibe, läutete, kreischte und schrie, bevor er sich wieder allmählich beruhigte und in das ruhige Rauschen des Grases fiel, schrumpfte und in der Erde verschwand und die getrockneten Tränen des Solonetz zurückließ.

Pereira und Rodolfo liefen, als schliefen sie. Rechterhand wurden in der Ferne riesige menschliche Figuren sichtbar, die unweit von kolossalen Heuhaufen herumliefen. Die Menschen luden Weizen auf Ochsenkarren und Don José Pereira, der in der politischen Ökonomie nicht sehr firm war, hielt sie für Proletariat.

IV

Ich, der Autor dieser Erzählung und der Vater von Don José Pereira und seinem Freund, dem roten Setter Rodolfo, sowie von vielen anderen Personen, sowohl realen als auch irrealen, die sich in dieser Geschichte befinden, und von vielen Dinge in ihr, die überaus anschaulich und gründlich dargestellt werden, auch ich liebe und achte, wie Don José, das Proletariat, nur weitaus tiefer und umfassender.

Ich liebe und achte das Proletariat zuallererst deshalb, weil es mein erster Kamerad in der Kindheit war und der einzige Kamerad, der mich nie verraten und verlassen hat, bis jetzt, wo ich erwachsen bin und die anderen Kameraden meiner Kinderjahre entweder zu Barbaren, Professoren, Buchhaltern oder Literaturhistorikern wurden.

Ich liebe das Proletariat deshalb, weil es mich nicht dazu zwingt, meine Feder zu verraten, und mich, der ich nicht reich bin und nicht modisch aussehe, der ich nicht in einen schwarzen Smoking gekleidet bin und keine Manieren gelernt habe, nicht im Stich lässt und nicht aufhört, mein Kamerad zu sein.

Ich liebe das Proletariat deshalb, weil es mich bei der Hand nahm und mich auf den Gipfel der Geschichte führte. Ich achte das Proletariat deshalb, weil es mein Anführer und mein Lehrer ist, und ich habe mich niemals erdreistet, es zu belehren oder schamlos die Rolle seines Anführers selbst beansprucht, ich schwaches und launisches Mitglied der Intelligenzija. Ich achte das Proletariat deshalb, weil es mich in seinen Büchern politische Ökonomie und Philosophie lehrte, und aus den Mündern der arbeitenden Jugend lehrte es mich die Rolle von Gedichten im Prozess des Aufbaus. Wie mein Kamerad Proletariat liebe ich den Fußball, den amerikanischen Film, den Abenteuerroman, das Fischen, das Jagen und die Natur.

Aber vor allem liebe ich das Proletariat deshalb, weil es ein ... ein *Meister* darin ist, *Dinge* zu machen, weshalb es allein die Welt machen kann. Ich gestehe, dass ich schon lange und hoffnungslos in *Dinge* verliebt bin, dass ich sogar Instrumente gekauft habe, die ich nicht verwenden konnte oder gar nicht zu verwenden wusste, nur um sie Tag für Tag aus der Schublade zu nehmen und stundenlang zu betrachten. Ich kenne schon lange Dutzende Kataloge von Fotoapparaten, Gewehren, Fahrrädern, Feldstechern und Objektiven auswendig und fiele mir ein Katalog mit Sextanten oder Mikroskopen in die Hände, mit denen ich nichts anzufangen weiß, würde ich diesen Katalog ebenfalls auswendig lernen. Und wenn ich schreibe, denke ich daran, dass mein *Meister,* mein *Kamerad,* will, dass ich gute *Dinge* in meinem Handwerk mache. Ich hoffe, dass ich in meinem unbedeutenden Handwerk ein ebensolcher *Meister* werde wie mein Kamerad Proletariat.

Auch Don José also, der selbst ein prächtiges *Ding* war – als großer, lebensfroher, starker und fauler Tyrannentöter –, selbst aber keine *Dinge* machen konnte, achtete das Proletariat sehr. Als er Menschen sah, die Garben auf Ochsenkarren stapelten, und zu dem Schluss kam, dass es sich um Proletariat handelte, war er sofort verliebt in diese Menschen und begann, sich ihnen zu nähern.

»Mein lieber, roter Freund Rodolfo«, sagte Don José. »Du erinnerst dich, wie auch ich ein Proletarier war, als ich in Barcelona Kohle auf ein Schiff transportierte. Am Bahnhof lud ich die schwarzen Brocken auf einen Wagen und fuhr die Kohle über La Barceloneta nach Muelle Nuevo und bis nach Muelle de Levante, wo die Kreuzer lagen. Dort ließ ich die Pferde halten und trug die Kohle auf den Kreuzer. Ich war auch ein Proletarier, mein lieber Freund, roter Rodolfo!«

Rodolfo wandte sich zur Seite und blickte Don José an. Solch ein primitives Verständnis des Proletariats widerstrebte ihm, aber, da er die kindischen Sentenzen seines Freundes gewohnt war, sagte er nichts, sondern wedelte nur etwas widerwillig mit dem Schwanz.

»Du erinnerst dich, roter Freund Rodolfo«, sagte Don José, »wie vor vielen, vielen Jahren in Barcelona Schnee fiel. Ich transportierte den ganzen Tag Kohle nach Muelle Nuevo und kam vollkommen müde und entkräftet nach Hause. Schnee lag auf den Straßen und diese schwammen an mir vorbei, während ich die Gran Via del Marqués del Duero entlangging. So war mein Gefühl, roter Freund Rodolfo, wenn man es in die Zeilen eines ukrainischen Gedichtes gießen und das Ende jeder Zeile mit teils originellen, teils altmodischen Reimen und Assonanzen verschönern wollte. Hör zu:

Sind die Straßen gestorben, bin ich allein,
Hinter mir der Tag, von Arbeit schwer.
Die Wälder jenseits der Ufer der Stadt,
hinter Wäldern seit jeher Wälder.

Lichter läuten, die tief sich in die Nacht ergießen
Ein Läuten ist's, das Eisen zersägt
Ich werd' nicht müd, muss niemanden grüßen
'S ist schon spät.

Sind die Straßen gestorben, bin ich allein
mit mir, allein halt ich Wacht.
Die Wälder jenseits der Ufer der Stadt,
hinter Wäldern endlose Nacht.

Ich fühle nichts. Verirrt in dieser Winternacht
Wie ein Hirsch in herbstlichen Wäldern.
Kein Schnee fällt sacht, keine späte Pracht,
Und hinter mir Felder um Felder.

So fühlte ich mich, lieber Freund Rodolfo«, sagte Don José, »als ich ein Proletarier war. Überzeugt dich denn auch das nicht?«

Rodolfo wandte sich erneut zur Seite, wedelte diesmal aber nicht mehr mit dem Schwanz. Er funkelte Don José lange an, stumm und vorwurfsvoll. Don José beugte sich zu ihm herunter und streichelte sanft seinen struppigen Nacken hinter seinen gräulichen Ohren. Sie standen inmitten der Steppe. Ehrlich begannen die Ähren des Fuchsschwanzes, des Amarants aus Don

Josés Spanien, unter ihren Füßen zu flüstern. Erneut erhob sich der Geist und brachte die Steppe zum Schwanken, überfüllte die Ohren und läutete in der Seele. Rechterhand, weitab von ihnen, waren Silhouetten riesiger Menschen in der Nähe hoher Heuhaufen zugange. Don José drehte Rodolfos Kopf in seine Richtung und blickte stumm in seine dunklen walnussbraunen Augen.

»Dass Sie sich nicht schämen«, sagte Rodolfo plötzlich, »dass Sie sich nicht schämen, ›Wacht‹ auf ›Nacht‹ zu reimen!«

V

Die Freunde liefen bereits in einer Senke. Anstelle von Bergen und Tälern gibt es in der Steppe Höhen und Senken. Mit bloßem Auge kann man die beiden nicht unterscheiden, aber ein alter Steppenbewohner erkennt sofort, dass der Horizont auf der Höhe weiter ist und dort nicht das gleiche Gras wächst wie in der Senke. Das Gras in der Senke war ein klein wenig grüner und vertrocknete später. Die Riesen und die Heuhaufen waren schon nicht mehr weit. Don José bemerkte, dass Rodolfo ein wenig angespannt wirkte und überhaupt nicht mehr auf seine Worte hörte.

»Hasen«, dachte Don José. »Aber im August ist es in der Ukraine nicht erlaubt, Hasen zu schießen. Andererseits könnte es auch ein Rebhuhn oder eine Wachtel sein.« Don José nahm seine Sauer von der Schulter und besah sie sich einmal mehr.

Sie sah aus wie eine gewöhnliche, tadellose Sauer, Kaliber zwölf, ohne Hahn. Ein künstlerischer Büchsenmacher hätte an ihr aber eine Menge kleiner Fehler gefunden. Er hätte die längliche Form des zweiten Abzugs bemerkt und den Gedanken geäußert, dass für solch ein schweres Gewehr ein fast quadratischer, bei weitem kürzerer und breiterer Abzug dienlicher gewesen wäre. Beim Betrachten der Platte auf dem Schloss würde der Künstler lange und nachdenklich den Kopf schütteln und sich ein paar Sprüche bezüglich der manuellen Gravur nicht verkneifen können. Er würde mit Entschiedenheit feststellen, dass die groben Linien der Buchstaben und Verzierungen eindeutig bewiesen, dass sie lediglich mit Säure in eine Wachsschicht geätzt und nicht von Hand mit einem Stichel eingeritzt wurden.

Außerdem würde der Künstler, wenn er die Sauer auf den Mittelfinger der rechten Hand nehmen würde, erkennen, dass sie dort ausbalanciert ist, wo das Schlossgehäuse endet, was eine Entfernung von sieben Zentimetern zum Rückstoßpolster bedeutet. Man könnte schwerlich erwarten, dass er unter diesen Umständen nicht auf Gewehre mit einem Balancepunkt von viereinhalb Zentimetern Entfernung zum Rückstoßpolster verweisen würde.

Und es ist wahrscheinlich, dass der künstlerische Büchsenmacher daraufhin eine Packung Zigaretten aus seiner Tasche holen, sich eine Zigarette herausnehmen, mit ihr auf den Rand der Öffnung klopfen, sie mit flinker Hand zwischen den Lippen platzieren, mit einem Streichholz anzünden und danach seine Aufmerksamkeit dem Schaft der Sauer zuwenden würde. Die Art des Walnussholzes, aus dem der Schaft gemacht war, würde schon für sich genommen einen etwas skeptischen Ausdruck in seinem ernsten Gesicht hervorrufen. Die Tatsache aber, dass der Schaft nicht poliert, sondern lediglich gewachst war, würde diese Skepsis vollends bestätigen – der künstlerische Büchsenmacher würde die Zigarette vom rechten in den linken Mundwinkel wandern lassen, wobei auf seinen Lippen ein bitter ironisches Lächeln erschiene.

Don José Pereira war jedoch kein künstlerischer Büchsenmacher. Don José Pereira wusste nur, dass er ein ganzes Jahr lang in seiner Freizeit Feuerholz gesägt hatte, um eben diese Sauer zu kaufen, die schon ein ganzes Jahr in einem Geschäft in Barcelona stand, in Kommission gegeben von einem Doktor Leonardo Pazzi (offenbar irgendein Italiener), der Geld für eine Reise in die Slobidische Schweiz gebraucht hatte.

Don José sah in seinen Händen also nur die mächtigen Läufe aus dreifach legiertem Stahl, nur die beeindruckenden Patronenlager mit acht Millimeter Durchmesser, nur unglaubliche 1,2 Millimeter-Chokes, nur den Greener-Verschluss seines Lieblings, der einen weiten, satten und explosiven Schuss garantierte.

Die Sonne brannte auf das Steppengras herab, flog in glitzernden Tropfen auf die langen Läufe der Sauer, verschlug den Atem, gelangte in die Seele und trat erneut in feurigen Tropfen auf die dunkle Haut von Don José. Er brannte ganz, er verbrannte unter der Sonne. Es schien ihm als würde in ihm nach und nach alles herunterbrennen, was sein Leben vorher bestimmte, es verglühte und zerfiel, war ausgebrannt, seine Ansichten, der gewohnte Komplex aus Weltanschauung und Fertigkeiten. Er vergaß alles, was er wusste. Die Sonne versengte sein Gedächtnis. Er vergaß, wer er war, woher er kam und warum er hier war. Er war vor langer Zeit in die Steppe getreten, nun trat die Steppe in ihn. Es schien ihm, als würde das, was er vorher war, mit Lichtgeschwindigkeit vor ihm entschwinden, bis hinter den Horizont, zwischen den glitzernden Schienen der Läufe. Sein »Ich« befand sich bereits auf der Linie, wo der Himmel endete, es war eine Fliege, tausende Wersten von ihm entfernt, am äußersten Rand der endlosen Strecke zwischen den zwei parallelen Läufen. Er ließ die Flinte sinken und das »Ich« verschwand hinter dem Horizont.

Frisches Blut, berauschend und bitterer als Wermut, floss durch seine Adern und schoss in seinen Kopf. Er fühlte deutlich, dass er zu Asche verbrannt und neu geboren war. Er war nicht mehr Don José Pereira, Teil der Intelligenzija und Tyrannentöter, sondern Danko Charytonowytsch Pererva,[III] Steppenbewohner und Mitglied des steppischen Bezirksverwaltungskomittees.

VI

»Was für ein *** läuft dort in der Senke?«, sagte der Kurkul Schtschowb, der sich am Heubalken festhielt und darauf wartete, dass der Kurkul Dowb den Balken mit dem Strick festzurrte.

Zur Antwort befestigte Dowb den Strick am Balken, bog ihn noch ein wenig, sodass der mächtige Heubalken warnend knarzte, und wickelte den Strick um die entsprechenden Vorrichtungen am Wagen. Nachdem er das getan hatte, ließ der Kurkul Dowb einen letzten prüfenden Blick über den Wagen schweifen und griff in seiner Tasche nach dem Tabak. Er streute eine Handvoll auf ein Papier, schüttelte sie in die Form einer mathematisch geraden Linie, bog einen Rand ein, drehte die Zigarette, streckte seine Zunge heraus und in dem Moment, in dem das weiße Papier über die feuchte Zunge strich und so durchsichtig wurde wie Glas, sagte er:

»Na und, kann dir doch egal sein! Hasen wird er schon keine schießen. Hat Angst, außerhalb der Saison welche zu schießen, der ***!«

Nachdem sie ihre Karren beladen hatten, schlenderten der Kurkul Stowb und der Kurkul Kowb auf den Feldrain, um zu rauchen. Er war noch mehr als zehn Schritte von Dowb entfernt, als dem Kurkul Kowb seinerseits die einsamen Umrisse eines Jägers und seines Hundes in den Blick gerieten.

»Wisst ihr, wer das ist, Männer?«, fragte der Kurkul Kowb und schirmte dabei weiter seine Augen mit seinen Händen ab. »Damit ihr's wisst, das ist der verdammte Kommunist Danko Pererva. Und dort vor ihm läuft sein verfluchter roter Hund.«

Alle vier beobachteten nun aufmerksam die Gestalt des Jägers. Der Jäger hielt auf einmal inne. Der Blick der Kurkulen fiel auf seinen Hund. Der Hund versteifte sich in einer angespannten, unnatürlichen Haltung. Der Jäger hob mit einer kurzen Bewegung die Flinte.

VII

Als der neugeborene Danko Charytonowytsch Pererva sah, dass Rodolfo starr vor einer kleinen Grube in der Senke stand, liefen ihm über den ganzen Körper bis hinauf in den Kopf die kalten Nadelstiche des stärksten und verrücktesten aller Gefühle. Für einen kaum wahrnehmbar kurzen Moment fühlte er, wie sich seine Hände plötzlich mit Schweiß bedeckten, vergaß es aber direkt wieder. Allmählich und kaum merklich, wie der Minutenzeiger einer Uhr, schob sich Rodolfo in Richtung der Grube, und die Grube wurde mit einem Mal zum Zentrum der Steppe und zum Zentrum der ganzen Erde.

»Fass«, keuchte Pererva, unerwartet und furchteinflößend. Rodolfo stürzte nach vorn, aus der Grube rannte ein Hase, ein Knall ertönte, der Hase schoss wie eine Fontäne in die Höhe, fiel zu Boden und blieb steif liegen.

VIII

Erst jetzt begriff Danko Pererva, dass er mitten im August auf einen Hasen geschossen hatte. Er stand da wie betäubt und wartete. Dann aber erreichten ihn langgezogene unverständliche Laute. Er sah sich um: Die vier Onkelchen hatten sich von den Heuhaufen entfernt und riefen irgendetwas, wobei sie mit ihren Armen fuchtelten. Für einen Moment legte sich der Wind und Danko verstand die Worte.

»Warum schießt du Hasen, du ***?« – der Wind frischte wieder auf, nur ein Oh-Oh-Oh gelangte gegen den Wind durch die Steppe. Der Wind schüttelte die Worte, die in kleine Stücke zerfielen, und plötzlich flog der Wind auf Danko zu und kühlte auf der Stelle seinen verschwitzten Kopf. Er trat entschlossen auf den Hasen zu. Was geschehen ist, ist geschehen. Er befestigte den Hasen an seinen Riemen, schulterte seine Sauer und ging schnell davon. Oh-Oh-Oh, die Worte zerfielen im Wind in kleine Stücke. Danko wandte sich nicht um und ging stetig und leichten Fußes voran. Er wusste, dass er mit dem Erlegen eines Hasen mitten im August eine unverzeihliche Sünde begangen hatte, er wusste aber ebenso gut, dass er sich dennoch nicht in die Hände der Kurkulen begeben durfte, so dass diese triumphierend ein Mitglied des steppischen Bezirksverwaltungskomittees in die Stadt führen konnten. Er würde vor ihnen davonlaufen, sich dann selbst dem Bezirksverwaltungskomittee stellen und ehrlich darlegen, wie er versehentlich einen Hasen erlegt hatte.

Oh-Oh-Oh, zerfielen im Wind die Worte in kleine Stücke. Danko wandte sich nicht um und ging schnell voran. Er beschloss, erst dann zurückzublicken, wenn der Wind ihm keine

Worte mehr zutrüge. Und um sich vollkommen zu beruhigen und sich so stetig fortzubewegen wie eine Maschine, unterbrach er urplötzlich, wie bei einem abrupten Halt, seine Gedanken an den Hasen, den August und die Kurkulen und erinnerte sich stattdessen an ein Gedicht, das er vor langer, langer Zeit irgendwo gelesen hatte, in einem Buch eines unbekannten Dichters mit einem norwegischen Namen:[IV]

> Die Steppe wickelt ein großer Bart,
> Den Weizen zu weiden, die Hirse zu hüten
> In Gefilden, wo das Wasser blau und zart
> Im See steht, eingepackt, mit nackten Füßen

Danko schaute in den Himmel ...

> Und im Himmel fahren Wasserwagen,
> Ein Ozean aus Feldern, fruchtbar und weit,
> Der alte Tschumak lädt auf die Garben,
> Die Rücken der Wolken stehen dafür bereit
>
> Entlang der Ufer aus Leid und Liedern,
> Auf den Strömen sowjetischer Revolutionen,
> Erreichen die Tage allmählich wieder ...

Die letzte Zeile war irgendwo im Gestrüpp verloren gegangen und Danko konnte sie nicht wiederfinden. Er strengte sein Gedächtnis an und suchte einen Reim auf ›Revolutionen‹. »Situationen ... Stationen ... bewohnen ... Positionen«, er probierte eine Reihe von Worten, aber es gelang ihm nicht, die richtige Zeile aus dem Gestrüpp seines Gedächtnisses zu ziehen.

Ihm wurde bang, ein Schwindelgefühl ließ seine Knie weich werden und füllte seine Stiefel mit kaltem Blei. Er machte noch einen letzten hysterischen Versuch. »Millionen ... Limonen ... vertonen ... Regionen« – unnütze, unpassende Worte flackerten auf, die sein Herz nicht von der Last des ungefundenen Reims befreiten.

Das Gedicht hatte ihn verraten. Er konnte es nicht länger ertragen. Er wusste, dass er nicht zurückblicken durfte, aber er konnte es nicht länger ertragen. Verstohlen blickte er zurück.

Hinter ihm gingen, in einem gleichmäßigen Halbkreis und gemessenen Schrittes, fünf riesenhafte Gestalten.

IX

Wie verzaubert konnte Danko die Augen nicht losreißen von dem, was er nicht anzusehen wagte. Die mit den Garben beladenen Wägen standen weit im Hintergrund, niemand war in ihrer Nähe. Danko strengte seine Augen an und versuchte, wenigstens eine menschliche Silhouette in der Nähe der Wagen auszumachen – konnte es aber nicht. Die Onkelchen hatten ihre Arbeit verlassen, bildeten eine Linie und trieben ihn irgendwohin, bis hinter den Horizont. Danko wandte sich wieder um, peilte einen Punkt in der Ferne an, um im Zentrum des bedrohlichen Bogens zu bleiben, und ging weiter.

Wieder wurde ihm plötzlich kalt. Es ging nun nicht mehr darum, dass Kurkulen ein Mitglied des steppischen Bezirksverwaltungskommitees verfolgten, weil es gegen die Regeln der Jagd verstoßen hatte, sondern um fünf Menschen, die einen vor sich hertrieben, die ihre Arbeit zurückgelassen hatten und, müde und wütend, in der Ödnis der Steppe selbst von der Jagdlust ergriffen worden waren und zu allem bereit waren, ohne an die Folgen zu denken.

Danko richtete sich zu voller Größe auf und streckte die Muskeln seiner jungen Beine. Diese hüpften wie Sprungfedern und berührten im Gehen kaum den Boden. Die Stiefel saßen gut, drückten nirgends und lauschten ruhig der Musik der Muskeln. Nachdem er seine Kräfte genau kalkuliert hatte, beschleunigte Danko seinen Schritt gerade genug, um sechs Kilometer in der Stunde zurückzulegen. Er würde bis zur Nacht laufen können, ohne eingeholt zu werden. Er blickte zur Sonne: Ihm blieben noch fünf Stunden. Dreißig Kilometer! Im Bürgerkrieg hatte er mit Leichtigkeit fünfzig geschafft, mit einem elf Pfund schweren Gewehr über der Schulter.

Rodolfo lief fröhlich voraus, rannte in die Büsche und erfreute sich an den diversen, disteligen, disparaten Düften. Danko pfiff: Rodolfo hielt mitten im Lauf inne und schaute ihn an. Danko pfiff erneut und Rodolfo sprengte heran und schob Hals und Rücken sanft unter seine Hand.

»Lauf, Rodolfo«, sagte Danko fast fröhlich. »Wir sind vor einem Skandal geflohen, jetzt fliehen wir vor dem Tod.« Er gab dem Hund mit seiner Handfläche einen leichten Klaps.

X

Danko und der Bogen der stillen Verfolger hatten bereits sieben Kilometer zurückgelegt, geradewegs Richtung Westen. Die Sonne war unmerklich größer geworden und begann an den Rändern etwas aufzuquellen, sie ging bereits unter und saugte den Atem der Steppe ein. Es bestand kein Zweifel mehr daran, dass die Onkelchen den Hasen und die Regeln der Jagd völlig vergessen hatten und den Jäger wie Wild, wie eine Trappe, vor sich hertrieben, um ihn mit ihren Stöcken totzuschlagen.

Danko begann wieder zu grübeln. Unmöglich, dass sie ihn ziellos in die Steppe trieben, aber bislang konnte er nicht erkennen, wohin sie ihn treiben würden. Wie die fünf stillen Menschen, die ihm hartnäckig folgten, vergaß Danko den Hasen gründlich. Er war sich lediglich dessen bewusst, dass irgendeine ungewohnte Last auf seinen Gürtel drückte. Viele viele hundert Meter lief er mechanisch weiter und kam nicht darauf, was es war, das ihm das Gehen erschwerte. Seine Gedanken kreisten um die Schlussszene des Tages. Er würde, wenn die Dämmerung auf die Felder fiele, ein letztes Mal seinen Schritt beschleunigen und der Bogen würde nicht mehr zu sehen sein. Er würde noch ein paar Kilometer weiter gehen und sich einen Platz zum Übernachten suchen. Er würde seine Stiefel ausziehen und Wohlbehagen würde seinen ganzen Körper fluten. Er würde sein Gewehr und seinen Patronengürtel abnehmen und den Patronengürtel unter seinen Kopf legen. Er würde den Hasen ablegen ...

Der Hase! Das war es, was ihm das Gehen erschwerte. Der Hase drückte auf seinen Bauch, auf seine Lenden, auf seine Psyche. Der Hase – sonderbar! – beschwerte noch immer sein Gehirn, wie ein Schatten huschte er durch die Gassen seines Gedächtnisses und hinderte ihn daran, ruhig und unbesorgt weiterzugehen.

Ohne anzuhalten, band Danko den Hasen los und warf ihn hoch in die Luft. In genau diesem Moment pulsierte in ihm eine unbegreifliche Hoffnung. Der Hase überschlug sich in der Luft und landete hart auf der Erde. Die fünf Verfolger konnten ihn unmöglich nicht gesehen haben. Danko merkte sich die Stelle, an der der Hase heruntergefallen war und ging, ohne sich umzublicken, weiter.

Nachdem er etwas Distanz zwischen sich und den Bogen gelegt hatte, fühlte er erneut, wie die absurde Hoffnung pulsierte und blickte sich schnell um. Das mittlere Onkelchen ging gerade an der Stelle vorbei, an der der Hase heruntergefallen war. Er bückte sich – in Danko erstarrte alles – er hob den Hasen auf – Danko bewegte sich nicht und schaute ihn beinahe hysterisch flehend an. Das Onkelchen stand da, mit dem Hasen in der Hand, und zögerte offenbar. Plötzlich flog der Hase hoch in die Luft, überschlug sich und fiel auf die Erde.

XI

Danko ergriff eine fieberhafte Hektik, gerade noch konnte er sich davon abhalten, einfach loszurennen. Seine unbegreifliche Zuversicht war gemeinsam mit dem Hasen hart auf der Erde aufgeschlagen. Der Bogen ging stetig und gemessen weiter. Es näherte sich nicht einmal jemand dem Mittleren, niemand rief etwas, alle gingen wieder stetig und gemessen. Irgendwo in der Ferne war am Himmel ein verlassener Karren zu erahnen, daneben schwarze, rundliche Haufen von Getreide.

»Rodolfo«, sagte Danko. Der rote Setter sprang auf und blieb stehen, den Kopf seinem Freund zugewandt.

»Hier«, sagte Danko mit fester Stimme. Voller jägerischer Leidenschaft rannte Rodolfo zum Schützen.

»Hör zu, Rodolfo. Hör gut zu, denn bei uns beiden läuft es gerade nicht über, wie das ukrainische Volk zu sagen pflegt, wenn es zusätzlich zu den gewohnten, normalen Beschwerlichkeiten und

Unglücksfällen, noch irgendein anderes, im Plan nicht vorgesehenes Unglück erdulden muss.

Unsere Lage könnte man in Kürze folgendermaßen charakterisieren: Sie jagen uns und sie werden uns bis zur Nacht jagen. Wenn sie uns bis zur Nacht nicht schnappen, dann sind wir entkommen. Wenn sie uns bis zur Nacht schnappen, dann werden sie mich, Danko Charytonowytsch Pererva, umbringen und dich, den roten Setter Rodolfo, werden sie in irgendeiner großen Stadt verkaufen, in der du zweifellos jedes Jahr Goldmedaillen auf Ausstellungen gewinnen wirst.

Ja, mein roter Freund Rodolfo, du wirst jedes Jahr Goldmedaillen gewinnen, aber deinen Freund und Genossen, Danko Charytonowytsch Pererva, wirst du verlieren. Und in den Adern deines Freundes, lieber Rodolfo, fließt offenbar neben dem slawischen noch anderes Blut. Denn wie du weißt, schlage ich dich dann, und nur dann, wenn du es verdient hast.

Der Kosake aber, der dir, o Rodolfo, Herr und Freund sein wird, wird dich in den folgenden Fällen schlagen. Erstens, wenn er das Wild nicht trifft – Nummer eins. Zweitens, wenn er mit seiner Frau streitet – Nummer zwei. Drittens, wenn er betrunken ist – Nummer drei. In den ersten beiden Fällen wird er dich mit der Nahajka oder der Harapnyk auspeitschen, im dritten wird er dir einfach mit dem Stiefel ins Gesicht treten und dabei versuchen, deine Nase zu treffen.

Deshalb, lieber Freund, rate ich dir dringend, unverzüglich nach Hause aufzubrechen und auf dem Weg einen Bogen um sämtliche dir bekannten und unbekannten Menschen zu machen. Warte!«

Danko schrieb im Gehen ein paar Worte auf ein Stück Papier und band es an Rodolfos Halsband fest.

»Nach Hause!«, befahl er daraufhin. Rodolfo stand da und zögerte. Er hoffte, dass sein Freund seinen Entschluss möglicherweise ändern und ihm erlauben würde, bei ihm zu bleiben.

Danko aber begann bereits, seinen Gürtel zu lösen. »Nach Hause!«, wiederholte er. Rodolfo trat ein paar Schritte zurück und blieb erneut stehen. Da lief Danko auf ihn zu und schlug ihn mit seinem Gürtel, so fest er konnte. Rodolfo heulte auf und lief davon.

Danko blickte wieder zurück. Wegen der Sache mit Rodolfo hatte er etwa zwanzig Meter verloren. Die Figuren wurden größer und waren jetzt nicht mehr schwarz, sondern farbig. Danko nahm seinen Patronengurt ab und warf ihn hoch in die Luft. Zwei Patronen beließ er für alle Fälle in seiner Tasche und ging weiter.

XII

Die Sonne beugte sich bereits tief hinunter, schwer und verschwitzt. Sie hatte den Horilka-Atem der Steppe in sich aufgenommen und sonderte nun, mit rotem Gesicht eine bittere Feuchtigkeit ab. Gerötete Lippen verschlossen und erstickten ihren feurigen Schlund. Sie seufzte im Wind und stieß von einer Kräuternaliwka auf.

Danko lief bereits lange Zeit, ohne an irgendetwas zu denken, er vergaß seine Beine und die Kilometer. Die Beine liefen von allein und die Kilometer, hunderte Hony, rollten sich wie ein Maßband unter der Sonne ab. Die fünf Verfolger liefen ebenso gleichmäßig und schweigend hinter ihm und Danko vermutete, dass ihre Körper ebenso auf Gehen umgeschaltet hatten, dass in ihren Seelen die Wut erloschen und nur ein freudiges Gefühl von

Bewegung zurückgeblieben war, dass sie ihn, holten sie ihn ein, heiter und gelassen umbringen und dabei fast schon bereuen würden, dass die lange, inspirierende, erfüllende Verfolgung zu Ende ginge.

Danko erinnerte sich an den fernen Weiler, wo er geboren wurde und die ersten Jahre seines Lebens verbracht hatte. Wenn er die Schafe weidete, erschien ihm dieser Weiler wie fünf schwarze Misthaufen am Horizont. Dort, bei den Misthaufen, trieben sich seine Unterdrücker herum, während er eine Patronenhülse an einem hölzernen Schaft befestigte und diesen mit einem Hammer aus Gummi ausstattete. In seinen Händen wurde die gelbe Hülse zu einem sechsschüssigen Revolver, an der Spitze der revolutionären Truppen zog er stolz in den Weiler ein und konfiszierte den gesamten Schmand und die Muskete von Onkel Musij. Er nahm alle Einwohner des Weilers gefangen und gab nur der blauäugigen Dunka, Onkel Musijs Tochter, die Freiheit. Dunka aber, davon überzeugt, dass nur er, Danko, ein echter Held und Kämpfer war, nahm die Freiheit von ihm nicht an und lud ihn ein, Pflaumen in Musijs Garten zu essen.

Er aber verzichtete darauf, mit ihr in den Garten zu gehen und baute eine Maschine, um mit Dunka auf den Mars zu fliegen und sich dort dem Ingenieur Menni anzuschließen.[V] Schon war die Maschine fertig und funkelte wie eine nagelneue Lokomotive, ihre Flügel waren riesig und weiß, wie die einer Gans. Zu zweit beluden er und Dunka die Maschine mit Proviant – es gab ein großes Stück Salo, eine gebratene Gans, ein Netz mit Pflaumen, zwei Schüsseln mit Schmand – eine für ihn und die andere für Dunka – sie stellten Onkel Musijs mit grobem Schrot gefüllte Muskete in die Ecke, um sich vor einem Angriff schützen zu können, und

Danko breitete seinen Mantel zum Schlafen in der Nähe dieser Ecke aus, um die Waffe bei der Hand zu haben.

Er erinnerte sich daran, wie klein und unbedeutend jene fünf Hütten geworden waren, nachdem er als Politkommissar seines Regiments von der deutschen Front zurückgekehrt war. Er hatte zwar bereits ein prächtiges Mannlichergewehr und er hatte einen echten Offiziersnagant. Er hatte auch eine Armbanduhr, aber all das interessierte ihn jetzt nicht. Er kehrte in seinen Weiler als Kämpfer und Propagandist zurück, es gab für ihn bei diesen fünf Hütten nichts zu tun, aber er hoffte darauf, Dunka zu sehen. Und wenn diese fünf schwarzen Hütten, die sich vor ihm am Horizont abzeichneten, jetzt auch bedeutungslos waren, so schaute zwischen ihnen doch aus hellblauen Augen der ferne Himmel der Knabenträume und Jugendhoffnungen hervor.

Aber Dunka befand sich nicht in dem Weiler – sie war im Bürgerkrieg irgendwo zwischen zwei Bahnhöfen dahingeschmolzen, als sie versucht hatte, Brot zu organisieren. Und angesichts des Weilers erschienen ihm seine Erfolge so wertlos, dass er noch am selben Abend von dort in die Weiten des Bürgerkriegs aufbrach und die fünf Hütten zum letzten Mal aus seinem Blickfeld verschwunden waren ...

Danko warf einen Blick voraus in Richtung Horizont. Direkt vor ihm lagen fünf rundliche schwarze Häufchen, die an fünf Heuhaufen erinnerten. Er rieb sich die Augen. Hinter den fünf Häufchen verbargen sich auf beiden Seiten noch zwei, drei, noch ein ganzer Haufen Hütten.

Und plötzlich hatte er es begriffen. Die Kurkulen trieben ihn in Richtung des Steppenweilers.

XIII

Wenn er also lediglich den Abstand zu seinen Verfolgern halten könnte, würde Danko nicht entkommen. Im Weiler würden sie sich Pferde und Hunde besorgen und ihn nach einiger Zeit mit Sicherheit fangen.

Danko änderte die Richtung und begann sich nach links zu bewegen; nachdem er so zwei Hony zurückgelegt hatte, blickte er sich um. Die Jäger formierten sich neu und schnitten ihm den Weg nach links ab. Danko wendete sich noch weiter nach links und genau in diesem Moment wechselte der äußerste linke Verfolger die Richtung und mit ihm auch die anderen; Danko ging wieder direkt auf den Weiler zu und sofort bildeten die Jäger eine Linie und schlugen die gleiche Richtung ein. Die äußeren begannen, schneller zu gehen und liefen schon fast auf einer Linie mit Danko, der seinen Schritt ein wenig beschleunigte und wieder geradewegs auf den Weiler zuging.

Der Weiler vervielfachte sich und wuchs. Es waren jetzt nicht mehr nur zehn Hütten, sondern zwanzig, vielleicht auch dreißig und sie breiteten sich aus und bildeten eine lange Straße, um Danko aufzuhalten und dabei zu helfen, ihn zu töten. Bis dahin waren es keine zwei Kilometer mehr.

Danko ging direkt auf den Weiler zu und untersuchte das Gelände mit den Augen eines Partisanen. Ihn zu umgehen war nicht mehr möglich, selbst wenn die Jäger ihm dafür die Zeit ließen. Direkt vor den Hütten lagen, wie eine karierte Plachta, die Felder, blau, violett und silbergrau.

Danko peilte das größte graue Viereck an und ging direkt darauf zu – es war Buchweizen. Er war noch ein paar Hundert Meter vom Feld entfernt, als er sein Gewehr abnahm, es mit der rechten Hand an seinen Körper presste und loslief, so schnell er konnte.

Als ihn die gewaltigen Regimenter und Divisionen des Buchweizens mit ihrem Honigduft überwältigten, wandte er sich im Laufen noch einmal um. Alles war in Ordnung. Die Jäger gingen ruhig und ohne Eile voran und selbst die äußeren waren weit hinter ihm – die Jagd war beendet, weil das Tier in seiner Verwirrung schließlich von selbst in die Falle ging.

Nachdem er mit voller Geschwindigkeit auf den Buchweizen zugestürzt war, ließ sich Danko auf den Feldrain fallen und kroch schnell auf allen Vieren weiter. Vom ersten Rain wendete er sich in Richtung des nächsten, bewegte sich dann nach rechts, dann wieder nach links und kroch so lange weiter, bis die Jäger sich nach seinen Berechnungen verärgert dem Buchweizenfeld näherten. Dann warf er sich mit dem Gesicht auf den Boden und hielt still.

Die Jäger konnten ihn nicht sehen. Sie konnten zwar einen Haufen bilden und ihn suchen, aber dann würde er sich leicht davon machen können, weg vom Weiler, auf dem Weg, den er gekommen war. Die Verfolgung würde dann von neuem beginnen, anstatt in diesem Buchweizen zu enden.

Aber sie konnten auch über ihn stolpern, sodass er es nicht schaffen würde zu fliehen. Dann würde er die zwei Patronen blind abfeuern und sterben müssen.

Danko hatte schon lange keine Angst mehr. Er lauschte. Im Buchweizen erhob sich leise der Wind, Wachteln wollten Wasser, ein Fliegenschwarm, der sich direkt über Dankos Kopf gebildet hatte, summte so monoton wie eine lange staubige Straße, wie der Geruch des Teers und das Quietschen der Reifen, die den Staub schlucken. Die Minuten zerrannen, zermarterten

Gedanken, aber die Jäger waren einfach nicht zu hören. Ab und an kam es Danko so vor, als wären alle fünf Jäger ganz leise nähergekommen und würden jetzt dort stehen und auf seinen Rücken sehen. Er wollte seinen Kopf drehen und konnte es nicht. Es erhob sich der kindliche Wind, Wachteln watschelten zum Wasser, die Fliegen summten, aber die Jäger waren immer noch nicht da.

Es konnte sein, dass sie sich gleich in den Weiler aufgemacht hatten, um Hunde und Fuhrwerke und Menschen zu holen. Es konnte sein, dass sie einen in den Weiler geschickt hatten und der Rest sich in der Nähe niedergelassen hatte und Wache hielt, wobei sie ihren Tabak rauchten und über landwirtschaftliche Themen plauderten. Es konnte aber auch sein, dass sie ihn immer noch suchten. So oder so, er durfte seinen Kopf nicht heben, sondern musste auf die Erde schauen, zwischen die Wurzeln des Buchweizens. Die roten Halme des Buchweizens ragten aus den Bergen lockerer Erde wie Kiefern aus grauen Dünen und von Berg zu Berg wanderte eine Ameise durch den Wald, mit weißen Seiten und weißem Rumpf und im Profil erschien sie Danko wie ein schäumendes, schwitzendes, sechsbeiniges Pferd. Sie kraxelte durch die Erdklumpen, bäumte sich auf und trabte dann wieder inmitten der Kiefern. Ganz oben auf dem Gipfel der Düne bewegte sich etwas in der Nähe eines roten Halmes – es war eine zweite Ameise, rot wie durchsichtiger Zinnober. Ohne Hast strich diese über ihre langen Fühler und machte sich bereit für den Weg.

Weiß kam am Gipfel an und blieb stehen, als sie Rot witterte. Rot hörte auf, über ihre Fühler zu streichen und machte ohne Hast einen Schritt nach vorn. Weiß begann zögerlich, sich zur Flucht zu wenden, aber in diesem Moment war Rot leider schon zu ihr herangekommen. Weiß wandte sich wieder nach vorn und beide begannen, ihre Fühler nacheinander auszustrecken. Plötzlich trafen die Fühler zusammen und sprangen wie Federn zurück, nachdem sie den Körper des Feindes ertastet hatten. Die Kieferzangen von Rot und Weiß verhakten sich ineinander.

Danko betrachtete wie verzaubert den Zweikampf. Beide waren mächtige, muskulöse Krieger, Weiß ein kleines bisschen breiter und größer, Rot schlanker und mit einem größeren Kopf. Sie bäumten sich auf, verhakten ihre Kieferzangen und spannten ihre Muskeln an.

Auf einmal erhob sich Rot von der Erde und bog sich. Im selben Moment löste sich auch Weiß vom Boden. Sie fielen um und wälzten sich im Staub, wobei sie ihre Zangen nicht voneinander lösten, ihre Körper verbogen sich mehr und mehr, mal die eine, mal die andere oben auf, so schwankte der Kampf zwischen den roten Halmen des Buchweizen-Kiefernwaldes. Plötzlich sprang Weiß auf ihre Beine, im Halbkreis gebogen, Rot hing an ihren Kieferzangen. Weiß schlug sie gegen die Wurzeln der Kiefern, wälzte sie im Staub, bäumte sich erneut auf, lief, rollte, hastete, fiel selbst auf den Rücken und warf den Feind wieder zwischen den Wurzeln hin und her. Ihre Bewegungen wurden immer schneller und hysterischer, die Augen konnten dem blitzartigen Flackern nicht mehr folgen und Rot verbog sich immer stärker.

Jetzt aber brachte Rot sein Hinterteil ganz unter den anderen Körper und näherte es den Kieferzangen, Weiß begann zu erlahmen, die Säure schoss in ihren Kopf, sie torkelte herum, ohne vom Fleck zu kommen, so als wäre sie nicht ganz wach, ihre Beine fingen an zu zucken, wie ein Betrunkener schwankte sie zur Seite, löste ihre Zangen, wedelte mit ihren Armen in der Luft und fiel in den Staub. Da richtete sich Rot auf und stellte sich auf ihre Beine.

Sie achtete jetzt überhaupt nicht mehr auf den schäumenden Kadaver, der sich zu ihren Füßen im Staub wand. Sie richtete sich feierlich zu ihrer vollen Größe auf und begann, sorgfältig über ihre Fühler zu streichen.

Sie ruhte sich sehr lange aus. Danko schien es, als würde sie nie mehr aufhören, sich auszuruhen und über ihre Fühler zu streichen. Es vergingen Dutzende Sekunden – Buchweizenameisenstunden – und sie strich immer noch über ihre Fühler, strich immer langsamer und zärtlicher. Diese ruhige, rhythmische Gebärde wiegte Dankos müde Seele, neigte ihn Richtung Schlaf, er kam in der Geschwindigkeit des Siegers zur Ruhe. Und in dem Maße, in dem das Herz langsamer schlug, fingen die Gedanken an, fröhlich herumzutollen, sich aneinander festzuklammern, sich gegenseitig in den Schwanz zu beißen, auf einen Haufen zu werfen, zusammenzufließen und einzuschlafen.

Eine Brise kam auf und schüttelte in das Honigmeer der Buchweizenwelt etwas Teer, sowie den Geruch von Schwarzbrot und Schweiß. Die Brise legte sich, aber das geräuschvolle Knacken hielt an. Danko schauerte und spitzte seine Ohren.

Jemand ging ganz nahe an ihm vorbei durch den Buchweizen.

XIV

Danko erstarrte und begann, Schritte zu zählen. Es war ein Mensch, der da lief. Also suchten sie ihn doch noch. Der Buchweizen knackte und raschelte, näherte sich mit großem Lärm Dankos Kopf, war schon ganz nahe und verstummte plötzlich. Danko presste sich auf die Erde. Wieder knisterte der Buchweizen und dieses Mal schien es sich langsam zu entfernen. Danko wartete sechzig Sekunden bis er mit unglaublicher Vorsicht den Kopf hob und durch das hohe Dickicht spähte. Eine Gestalt entfernte sich, sie hatten ihn nicht entdeckt. Die Sonne stand schon sehr tief über dem Horizont, noch eine Stunde und er würde für immer entkommen können. Danko wartete noch einmal dreihundertsechzig Sekunden bis er, schon kühner, einen weiteren Blick wagte. Die Gestalten der Kurkulen liefen auf den Weiler zu.

In fünfzehn, zwanzig Minuten würden sie sich im Weiler schon über Fuhrwerke unterhalten, in fünfundzwanzig, dreißig Minuten würden sie mit Hunden wieder aus dem Weiler aufbrechen. Danko stützte sich auf seinen Ellbogen und schaute den Jägern nach. Als die letzte Figur zwischen den Hütten verschwunden war, kroch er geradewegs weg vom Weiler; als er ungefähr zweihundert Schritte gekrochen war, fand er sich in einer Schlucht wieder – es war die gleiche Schlucht, in der in der Ferne der Weiler lag. Danko stand auf und rannte so schnell er konnte durch die Schlucht, weg vom Weiler. Er musste noch vierzig Minuten laufen, solange bis die Sonne unterging, dann konnte er sich ausruhen. In vierzig Minuten konnte er etwa vier Kilometer schaffen.

Danko verlangsamte seinen Schritt ein wenig, er musste seine Kräfte schonen. Er war schon fast durch die gesamte Schlucht gelaufen und musste wieder hinaus in die Steppe, als er zwei Jungen sah, die hinter einem Hügelchen saßen und Zigaretten rauchten.

»Gib uns ein bisschen Tabak, Onkel«, begann einer der Jungen zu rufen und verstummte. Er war überrascht, dass der Onkel mit einem Gewehr in der Hand herumlief. Danko bemerkte das und blieb stehen.

»Habt ihr zufällig meinen Hund gesehen?«, fragte Danko. Die Jungen schwiegen, Danko winkte ab und lief weiter.

Er verließ die Schlucht und lief wieder durch die Steppe. Seine Brust zitterte bereits, aber leider musste er weiterlaufen, denn im Weiler hatten sie bestimmt schon von den beiden Jungen erfahren, wo das Wild lag. Ringsherum war Steppe – über ihm, neben ihm und vor ihm war die abendliche Steppe. Danko lief – und es war ihm, als stünde er inmitten der Steppe und als liefe die Steppe vor ihm über den Horizont davon. Seine Kleidung war schon lange durchnässt vom Schweiß, der den laufenden Körper kühlte wie der Radiator eines Automobils. Danko lief und die Steppe lief vor ihm davon. Als die Sonne unter der Erde verschwand, blieb er stehen und fiel zu Boden. Er schlief ein.

XV

Er träumte von seltsamen, außergewöhnlichen Dingen. Er träumte, dass er nicht Danko Charytonowytsch Pererva sei, sondern Don José Pereira, ein Reisender und Tyrannentöter aus dem fernen Barcelona. Er träumte von Doktor Leonardo, einem Mediziner und Naturliebhaber, von der schönen Alceste und vielen anderen Gesichtern, die er nie in seinem Leben gesehen hatte und die ihm in diesem Traum gewohnt und vertraut vorkamen.

Er träumte, dass der Winter auf die Erde fiel und er begann zu frieren. Der lebendige Weinberg seines Blutes erkaltete, er erstarrte und lag da wie ein schneebedeckter Gipfel, die Brust über das Barcelona der Arbeiter gebeugt. Durch den Traum sah er, dass ringsum fünf stumme Berge standen – es waren die fünf Kurkulen – und dass er sterben musste. Er schlief kalt und unruhig, wie einst in den Jahren seiner Kindheit in der ungeheizten Hütte im tiefen Herbst.

Ein fantastisches Kinderbuch führte ihn in einen sagenhaften Wald der Erinnerungen. Fröhliche Butterschnäbel flatterten und zwitscherten im smaragdgrünen Blattwerk des sagenhaften Waldes, im dunklen Bach unter den überhängenden Wurzeln der schwarzen Bäume grub eine Milchschnelle sich schnaubend einen Bau und warf Haufen samtener Erde auf; im grünen Tal tanzten am Waldessaum wilde Brothörner, stießen und liefen hurtig auf das Feld ...

Der Kurkul Schtschowb schlug ihm von hinten mit einer Axt auf den Kopf und Danko starb nachts in der Steppe.

XVI

Nachts in der Steppe lag der Körper von Danko Charytonowytsch Pererwa da, Mitglied des steppischen Bezirksverwaltungskomitees. Die Erde war schon lange abgekühlt und schon lange war jede Spur der eifrigen Sonne verschwunden. Und so wie die Erde in Kälte erstarrte, erwachte der von der Sonne ausgedörrte Weinberg heißen Blutes zum Leben. Es war nicht mehr das Blut, das Danko durch die Steppe trieb, während er vor den Kurkulen floh – es war das Vorsonnenblut, das in den Adern Don José Pereiras vor seiner Verwandlung floss.

Don José Pereira atmete tief ein und öffnete seinc Augen. Ihm schmerzte der Kopf, aus einer Wunde an seinem Hinterkopf quoll noch etwas Blut hervor, aber es war frisch und kühl und er erhob sich. Er holte sein Taschentuch heraus und verband seinen Kopf. Durch das Tuch vernahm sein Ohr gleichmäßige Schläge eines Schwanzes – es war sein roter Freund, der Setter Rodolfo.

»Hallo, mein roter Freund Rodolfo!«, sagte Don José. »Haben wir beide nicht schon zu lange hier auf der feuchten Erde geschlafen?«

Auch Rodolfo stand auf, sagte aber nichts. Er war der Ansicht, dass sie noch ein wenig hätten schlafen können.

»Ich fürchte, dass ich mir ordentlich den Kopf angeschlagen habe«, meinte Don José. »Es fühlt sich an, als würde er platzen. Was mich anbelangt, habe ich die Jagd in der Steppe satt und würde unverzüglich zurück nach Barcelona fahren, wo, wie du dich sicher erinnerst, roter Freund Rodolfo, eine wichtige Angelegenheit auf uns beide wartet. Wir sollten jetzt schon darüber nachdenken, wie wir später unsere Spuren verwischen.«

Und Don José Pereira machte sich daran, einen Bericht für die italienische Zeitung *Voce del Popolo* zu fabrizieren. Ich glaube, dass er darin den Namen Doktor Leonardos erwähnte.

ERSTES BUCH

I

Wenn ein Reisender in Bachtyn ein Boot besteigt, um in die Slobidische Schweiz zu fahren, dann wird dieser Reisende, wenn er nicht zu schauen weiß, nichts Bemerkenswertes sehen.

Er wird bereitwillig zustimmen, dass der Weg lang war und dass der Weg staubig war – dass er die Wegelein, die staubig staubten, nicht bedauere, würde er sagen, wenn er staubige Wege zu würdigen wüsste.

Genauso wird er bereit sein, anzuerkennen, dass es einen sehr holprigen Damm gab und dass es eine Brücke über irgendein Gewässer gab, bei deren Überquerung es Brauch ist, zu fragen: »Ist das nicht der Dinez?« Keiner der Reisenden wüsste, dass dieser Satz sie mit jener sagenhaften Baba verbindet, die, nachdem sie ihre Gevattern in Charkiw besucht hatte, in einem Bericht von ihrer Reise erzählte – und dieser Bericht wurde vorgetragen auf einem Baumstamm vor einer Hütte, wo schon viele Kerne geknackt worden waren[VI] – in diesem Bericht sagte sie:

»In Charkiw ist der Dinez ganz schön hässlich!«

Und wenn diese Baba auch das großartige Projekt der Umleitung des Dinez nach Charkiw vorhersah – ein Projekt, das von dem Fotografen Dowbnja in gewisser Weise realisiert wurde, als er den Lopan auf einem selbstgeschossenen Foto in allen Farben kolorierte, dreifach verbreiterte, ein Dampfschiff auf ihn malte und über dieses ein Flugzeug und darüber hinaus, wie ich meine, irgendwo in der Uferbrandung eine pummelige Nymphe im Badeanzug einsetzte – auch wenn die Baba das alles vorhersah, als sie sagte, dass der Dinez in Charkiw hässlich sei, würde der

Reisende niemals zustimmen, dass ihn etwas mit dieser Baba verbände.

Dabei könnte der Reisende etwas von der Baba lernen – nennen wir ihn Leonardo und einigen wir uns darauf, dass er Doktor von Beruf ist und allerlei Länder gesehen hat. Er hat die echte Schweiz gesehen und ist auf den Montblanc gestiegen, aber den Aufstieg auf das Matterhorn hat er nicht gewagt, er hat das echte Bayern gesehen und sagen wir, er hat auch das rote Bayern während der Zeit der Aufstände in Deutschland und zudem Nowa Bawarija gesehen.

Leonardo also, Reisender und Arzt, umfasste, sagen wir einfach und unprätentiös, Alceste an ihrer Taille und sah nichts außer Staub, einem Damm und einem Gewässer, dass er noch dazu für den Dinez hielt.

Aber für die sagenhafte Baba (geschaffen von unserer Fantasie) gab es viel Interessantes auf dem Weg. Es gab eine Terrofaseritfabrik und viele Hütten mit einem Terrofaseritdach, es gab Tore, über denen ein Kreuz aufragte – ein althergebrachter Brauch – und die gleichen Tore waren fast alle mit Teer beschmiert – ebenfalls ein althergebrachter Brauch.

Aber grundlos kräuselte die fantastische Baba ihre Lippen, während sie sich ein Mädchen vorstellte, bei dem man ein selbstgesätes Kind vorfinden konnte, konkreter gesagt einen Sohn ohne Korowaj. Es kommt vor, dass ein althergebrachter Brauch eine neue Bedeutung erhält – so legte Doktor Leonardo seine Hand um Alcestes Taille, obwohl sie nicht in einer Kutsche, sondern auf einer Wagonette saßen. Und so beschmieren die halbwüchsigen Burschen jetzt nicht mehr die Tore der Mädchen, die gesündigt haben, sondern der Mädchen, die sich verweigerten.

Mit ihrem alten Auge blinzelnd (fiktiv, wie wir erwähnt haben), würde die Baba die Hütte betrachten, mit ihren zwei kleinen Fenstern und nunmehr vernagelten Türen, die auf seltsame Art und Weise direkt über der Prysba lagen. Das war einst eine Monopolka, würde die Baba sagen.

Und die drei riesigen Buchstaben auf dem Terrofaseritdach dieser Hütte, die Buchstaben M. S. P., die Doktor Leonardo für das Logo der Terrofaseritfirma hielt, würden sich schlicht als Visitenkarte erweisen, die für Mykola Semenowytsch Polowynka stünden und nicht für Moskowska Silska Promyslovist, die bekanntlich kein Terrofaserit herstellen, dafür aber andere Dinge des bäuerlichen Bedarfs, wie zum Beispiel Pralinen, Zefir, Mikado, Kaffecreme und anderes.

Ebenso schenkte Doktor Leonardo jenem Wachturm nicht genug Beachtung, von dessen Spitze ein unermüdlicher Feuerwehrmann die Slobidische Schweiz überblickt, und zwar in jenen Tagen und Stunden, in denen er nicht unter einem Birnbaum schläft. Er hatte auch ein kleines steinernes Gebäude übersehen, in dem sich ein Kraftwerk befand, und noch früher, in Samostja, hatte er die Abzweigung nach Ssidky nicht wahrgenommen.

Der Gerechtigkeit halber muss man sagen, dass Doktor Leonardo auf dem Damm, während er mit der einen Hand Alceste festhielt und mit der anderen Hand sein Portemonnaie, ihr einen einsamen Schornstein zu ihrer Linken zeigte, irgendwo jenseits des Mscha. Aber auch hier hatte Doktor Leonardo, um die Unversehrtheit der beiden Objekte, die er mit seiner Rechten und seiner Linken festhielt, allzu besorgt, nicht die Muße, genau zu bestimmen, um was für einen Schornstein es sich handelte.

»Das ist wahrscheinlich eine Ziegelei, o Alceste!«, sagte er, »in der Ziegel hergestellt werden, aus denen die Bewohner der umliegenden Dörfer wohl ihre Häuser bauen. Was sonst könnte es auch an solch einem Ort geben! Möglich, dass irgendein seltsamer Fantast sagen würde, es handle sich um eine Papiermühle!«

»Das ist es nicht«, würde die von meiner Fantasie geschaffene Baba entgegnen, wenn sie sich zufällig in der Nähe des Wagens befände. »Das ist keine Mühle. Das ist unsere Papierwarenfabrik!«

Aber in diesem Moment würde der Wagen die Baba in einer Staubwolke hinter sich lassen und Alceste hätte die Worte dieser unwirklichen Figur gar nicht vernommen.

II

Doktor Leonardo und Donna Alceste hatten also noch kein Boot in Bachtyn bestiegen, um in die Slobidische Schweiz zu fahren, sondern waren, im Gegenteil, gerade erst in der Stadt Smijiw angelangt, wo vor ihren Augen Invalide vorbeiliefen, die Brot verkauften. In Smijiw wird das Brot von Marktleuten und Invaliden verkauft, an diesen gemütlichen Ort war noch nicht einmal das Gerücht gelangt, dass in der Slobidischen Hauptstadt das Brot ausschließlich von Griechen verkauft wurde, nach der Formel: wo eine Ecke, da ein Grieche, wo ein Grieche, da Brot. Desgleichen hatten sie in Smijiw auch nicht von dem Krieg gehört, den die Charkiwer Griechen mit der Zentralen Arbeiterkooperative führen. Monat für Monat müssen die edlen Hellenen Ecke um Ecke der Kooperative überlassen und sich in die Außenbezirke der skythischen Stadt zurückziehen.

Auf dem Basar betrachteten Leonardo und Alceste die niedrigen Stände unter freiem Himmel, die sie an das Leben in ihrer

Heimat Italien erinnerten, an neapolitanische Häuschen und sonnenverwöhnten kalabrischen Wein.

Denn bei den Ständen standen Flaschen in endlosen Reihen, volle Flaschen und leere Flaschen und daneben ließen sich die Leute nieder und aßen Brot.

»Das ist kein Wein«, sagte Doktor Leonardo, »es ist nicht einmal ›Kornwein‹, wie die Ukrainer ihren um sechzig Prozent mit Wasser verdünnten Kartoffelschnaps nennen. Es ist jenes spezielle Getränk, dass in der Ukraine tatsächlich aus Getreide und in Russland aus Moosbeeren hergestellt wird, weil dort Moosbeeren den Menschen das Korn ersetzen.

Das ist Kuass!«

»Ich möchte diesen Kuass probieren«, sagte Alceste.

»Meine Liebe«, hub Leonardo an, aber Doktor Leonardo hatte, obwohl er schon lange Jahre mit Alceste gereist war, noch immer nicht das Glück gehabt, sie endgültig und vollständig zu lieben, und so half er Alceste von den Stufen der Wagonette herunterzusteigen und führte sie zu den Ständen.

Mit ihrer eleganten, in einen Glacéhandschuh gehüllten Hand nahm sich Alceste ein Glas, stellte es aber sofort wieder zurück.

»Du kannst ruhig einen Schluck nehmen, o Alceste«, sagte Leonardo. »Die Syphilis ist vorwiegend in den Dörfern entlang des Flusses Udy verbreitet, den großrussischen Dörfern, wo es keinen einzigen gibt, der nicht daran erkrankt wäre. Diese uralten Siedlungen, älter als alle ukrainischen Niederlassungen, bildeten die Grundlage für die Militärkolonien des staatlichen Experimentators Araktschejew. Er hatte mit seinen Experimenten keinen durschlagenden Erfolg und beförderte in den Kolonien lediglich einen Aspekt militärischer Tugend, nämlich Geschlechtskrankheiten.

Aber Smijiw ist eine vergleichsweise junge Kolonie von Westukrainern, hier gibt es keine Syphilis. Und so könntest du ruhig einen Schluck aus diesem Glas nehmen, o Alceste!«

»Schaut euch die mal an, soll sie der Schanker holen!«, rief eine Marktfrau direkt hinter Alceste, die wie ein erschrockener Vogel zum Wagen zurückflatterte.

»Wollt ihr nach Prowallja?« fragte ein Kutscher, ein Mann, der wie Achilles aussah, aber Schildkröt hieß.

»Lieber Schildkröt«, antwortete der Doktor, das Portemonnaie öffnend. »Ich möchte, dass Sie uns nach Bachtyn bringen. Und zwar nicht, weil die Schlucht bei Prowallja, durch welche die Schlangenstadt Smijiw ihren sagenumwobenen Namen erhielt, für uns nicht interessant wäre, muss doch diese Schlange so groß und furchterregend gewesen sein, dass die Erde einstürzte und so das erste der trockenen Roggenfelder den nassen Reichtum der Auen, Becken, Buchten und Schleifen des blauen Dinez erblickte, sondern weil wir mit dem Boot nach Bachtyn fahren müssen, was wir eigentlich schon am Anfang des ersten Kapitels dieses Buches und zu Beginn des zweiten Kapitels des selben Buches hätten tun sollen. Die Gesetze der Handlung, lieber Schildkröt, sind unumstößlich und unerschütterlich, so wie die Naturgesetze, was Sie ja nur allzu gut wissen. Denken Sie daran, wie Sie, als Sie Ihre Geschichte vom Hecht zum Besten gaben, den Sie sich für unterwegs hatten angeln wollen, Ihren Kumpanen und anderer Kosakenschaft erzählten, dieser Hecht wäre nicht mehr und nicht weniger als acht Pfund schwer gewesen, und Sie erst danach hinzugefügt haben, dass dieser Hecht mit seinem Schwanz die Angelschnur zerrissen und sich aus dem Staub gemacht hat, bevor er überhaupt am Heck Ihres Holzbootes angelangt war. Also, mein Freund Schildkröt, muss ich Sie bitten, sich an die Gesetze der Handlung zu halten und uns nach Bachtyn zu bringen.«

III

»Wolodko«, sagte der Bauer Schildkröt und wandte sich seinem Pferd, einem Braunen, zu, »Wolodko, die haben wirklich angebissen! Er hat mir einen Rubel gegeben, damit ich sie nach Bachtyn bringe und ich bringe ...«

»Wolodko!«, sagte der Bauer Schildkröt noch einmal, schwankte und fiel neben dem Wagen auf den Weg. Alceste schrie auf und bedeckte ihr Gesicht mit ihren Glacéhandschuhen. Aber Schildkröt rappelte sich schon wieder auf, stieg auf die Wagonette und peitschte das Pferd.

»Er hat wahrscheinlich viel Kuass getrunken«, sagte Alceste.

Schildkröt hätte indes nicht zugestimmt, wenn er diese Worte gehört hätte. Er hatte lediglich seine morgendliche Portion getrunken und sich damit wie jeden Tag über die Beleidigungen des alten Marktweibes hinweggetröstet. Er entsann sich, schweigend und für sich, dieser Tatsache jedes Mal am Morgen, wenn das Verlangen zu trinken besonders deutlich zu spüren war.

Und wenn er dann getrunken hatte, begann er von dieser Tatsache zu erzählen, und zwar immer in jenem lapidaren Stil, in dem er sich an sein Pferd Wolodko wandte.

Am Abend kehrte er nach Smijiw zurück und trank erneut, außer sich vor Zorn über seine eigenen Worte.

Am nächsten Morgen juckte es ihn in den Fingern, sich wieder zu betrinken und wieder entsann er sich der Tatsache.

So verging das Leben des Bauern Schildkröt und seines Pferdes Wolodko.

IV

Als der Reisende in Bachtyn ein Boot bestiegen hatte, entfaltete sich vor seinen Augen das folgende Bild. Zu seiner Linken, in der Nähe des Ufers, steckte sich Bauer Schildkröt gerade einen papierenen Karbowanez in die Tasche und machte sich anscheinend bereit zum Aufbruch, um irgendwo etwas zu trinken, nachdem er seine kurze Rede gerade zum letzten Mal wiederholt hatte. Zu seiner Rechten saß Alceste bereits im Boot, ihre Füße auf einem Haufen Sägespäne, die man ins Boot geworfen hatte, damit es dort nicht feucht würde. Im Rücken des Reisenden, sagen wir Doktor Leonardo, erstreckte sich die erste Landschaft.

»Das, was du vor dir siehst, o Alceste«, sagte der Reisende, »sehen wir mal von der Figur eines gut gebauten und gut gekleideten Mannes ab, dem Doktor Leonardo, der sich allerdings nun ausziehen und nur seine Unterhosen anbehalten wird, das, was du vor dir siehst, abgesehen von dieser Figur, ist noch nicht die Slobidische Schweiz. Das hier würde ich eher die Slobidische Prärie nennen, in der, wie du durch das Fernglas sehen kannst, keine Bisons grasen, sondern langhörnige Kühe und Ochsen von grauer Farbe, sanftmütige und phlegmatische Enkel des Steppenauerochsen, der folgenlos den Fürsten Monomach auf die Hörner nahm. Sie unterwarfen sich dem Menschen und dieser brachte ihnen bei – zumindest dem einen Teil von ihnen – Milch zu geben, wobei sie lediglich ab und an die Melkeimer umwarfen.

Im Gegensatz dazu brachte der Mensch diesem Vogel dort, der, wie du siehst, im Tal über dem Kiefernwald zu stehen scheint, noch nicht bei, Eier zu legen und auf dem Hof zu leben. Ein Steppenadler ...«

»Ein Adler!«, kreischte Alceste und umklammerte das Fernglas. »Ich dachte, es sei eine Krähe. Unglaublich, dass es hier noch Adler gibt!«

»Ein Steppenadler«, sagte Doktor Leonardo. »Durch das Fernglas kannst du seine stumpfen, spitzenlosen Flügel sehen. Einmal saß ein solcher Adler so zwei Jahre lang hier in den Wäldern von Smijiw, bis man ihn in die Slobidische Hauptstadt brachte. Ich habe davon aus den spanischen Zeitungen erfahren.

Schau nun dieses weite Tal, hunderte Seen, Knie und Buchten. Linkerhand siehst du eine Sandbank und auf ihr einen Kiefernwald. Rechterhand von uns liegt Bachtyn und dahinter beginnen die Berge. Einst war dieses ganze Tal ein einziger riesiger blauer Fluss, und das war nicht unter Zar Tomko, als die Erde noch eine Scheibe war,[VII] sondern bedeutend später, beispielsweise unter Fürst Monomach.

Selbst der Nebenfluss des Nebenflusses des Nebenflusses dieses Flusses, der berühmte Fluss Lopan, war einst ein bemerkenswerter Fluss. Der Schurawliwsker Händler Netschypir Ubyjbatko könnte dir davon erzählen, wie man seinerzeit im Lopan arschinlange Karpfen fing, und sogar die Länge eines solchen Karpfens auf seiner Ladentheke präzise demonstrieren. Und in nicht ganz so grauer Vorzeit, bedeutend näher an unserer Zeit, war bei der moldawischen Mühle ein nicht ganz nüchterner Kutscher ertrunken.

Überhaupt war die Tiefe der Gewässer in der Union einst weitaus größer und gefährlicher. Es gibt eine gewisse Stadt Rjaschsk irgendwo im Gouvernement Tambow und dort gibt es vor dem Bahnhof bis heute eine beträchtliche Pfütze. Aber als mein Vater noch Student war und sich mit ganzer Seele dem Studium des römischen Rechts hingab, ertrank in ebendieser Pfütze vor dem Bahnhof, in die es zufällig hineingeraten war, ein ausgewachsenes, normalgroßes Pferd.

V

Äpyornis, in dessen Eiern schwarze Eingeborene noch heute, wie in Eimern, Wasser transportieren, ist verschwunden und wir werden ihn niemals wiedersehen. Im Frühjahr aber zeigt der Fluss, was er einmal war, wenn er das ganze Tal flutet und der Kiefernwald zu seinem linken Ufer wird und zu seinem rechten ein anderer Wald. Dann reißt er Telegrafenmasten um und zwingt die Sadonezker, die Kirche von Lyman anstelle der von Smijiw zu besuchen. Er reißt die Telegrafenmasten um und die den Elementen unterworfenen Sadonezker stellen anstelle der Masten Kiefernstangen auf, in Anbetracht dessen, dass die Masten ohnehin wieder vom Wasser zu Fall gebracht werden würden. Und wenn sie ohnehin fallen, warum sie dann überhaupt aufstellen, dachten sich die Sadonezker und benutzten die Masten als Balken ...

»Leonardo, mein Lieber«, sagte Alceste, »in meiner Kindheit war ich genauso klug wie sie. Ich wollte meine Hände nicht waschen, da sie ja ohnehin wieder schmutzig werden sollten. Jetzt wasche ich sie, das stimmt, aber ich trage jetzt ja auch immer, immer Handschuhe.«

Sie stand auf und streckte Leonardo ein Paar außergewöhnlicher Händchen entgegen. Das Boot schwankte leicht und Alceste stützte sich mit ihrer Rechten an der Seitenwand ab. Das Boot neigte sich leicht nach rechts und Alceste warf sich in einem reizenden Versuch, das Gleichgewicht wiederherzustellen, auf die linke Seite. Das Boot kenterte und begrub unter sich den Reisenden, Doktor Leonardo, und die elegante Alceste, die endgültig und vollständig zu lieben er noch nicht das Glück gehabt hatte, obwohl er schon lange Jahre mit ihr zusammen gereist war.

In der Steppe ist der Dinez nicht tief und Doktor Leonardo hatte keine Sekunde lang Angst. Das beherrschende Gefühl in seiner Seele war Freude. Er hatte auf den Moment gewartet, in dem er Alceste retten und sie auf seinen Händen ans Ufer tragen, ihr mit glücklichen Händen die nasse Kleidung ausziehen und, ihre feine Wäsche in den Händen, mit ihr am Ufer entlanggehen würde, unauffällig ihre kleinen Fußzehen betrachtend, während sie über das sonnenbeschienene Gras liefen.

Sie liefen fröhlich und unbeschwert. Die Sonne stand im Zenit. Das Wasser des Dinez, das sich leise ans Ufer schlich, bescherte ihnen eine kühle Brise und Leonardo begann, sich Gedichte auszudenken. Er fühlte, dass er sein größtes Glück in Händen trug und die langen Jahre des Reisens fügten sich zu zwei stummen Zeilen:

> So lief ich mit ihr über Wiesen,
> Die, während wir liefen, erblühten.

Er blickte zurück zum Boot, zu der Stelle am Schilf, wo er sie ans Ufer getragen hatte:

> Unter meinen Füßen ist kein Grund zu sehen,
> Nicht zum Schwimmen, nicht zum Stehen,
> nicht zum Gehen.

Auch Alceste blickte zurück. Und nun fügte sich Schritt für Schritt Fuß an Fuß:

> Es schlummerte Dinez am Ufer, so friedlich
> wie ein Bauer, der müde im Schlafe lag.
> Sie schaute – und eine Brise erhob sich
> Sie hielt inne – und die Brise erstarb.
>
> Schlief ein wie der weiße Schaum am Himmel,
> der so übers Meer zu schwimmen versäumt,
> Wie die Feder, mit der ich hier schreibe,
> eben noch aufrecht, schon fällt und träumt.

Die Sonne! Leonardo sah bereits, wie die Sonne für ihn unterging, um seiner Freude Platz zu machen!

> So wie den Wald ins Feuer gebracht
> Marguerite, die dann errötend erstarb,
> Wie Nacht und Tag vergingen und Nacht,
> Wie Tag und Nacht vergingen und Tag.

Ich kann Doktor Leonardo nicht dafür verurteilen, dass er solch ein zärtliches Gedicht für eine oberflächliche und ungebildete Frau verfasste, die noch dazu Glacéhandschuhe trug, lief sie doch jetzt an seiner Seite, nackt und schüchtern, auf den Wiesen, leicht über dem Dinez.

Liebe will nichts wissen von ungleichem Verstand und unzureichender Bildung. Es kann sein, dass Doktor Leonardo vorhatte, sie umzuerziehen und zu belehren, diese zarte und launische Frau, die ihm jetzt, nackt, wie ein siebzehnjähriges Mädchen vorkam. Es ist aber auch gut möglich, dass er gar nicht vorhatte, sie umzuerziehen und zu belehren.

Schließlich war Doktor Leonardo keinesfalls ein Kommunist und nicht einmal Bürger einer Sowjetrepublik. Wie schon sein Name zeigt, war er Italiener. In den Büchern einer kleinen Kirche, nicht weit von Bologna, kann man noch heute die Aufzeichnungen dazu finden, wie vor siebenunddreißig Jahren Alessandro Pazzi, dem Verwalter ebendieser Kirche, ein Sohn namens Leonardo Pazzi geboren wurde.

Das war unser Reisender, Doktor Leonardo.

VI

Verlassen wir für eine Weile unsere Helden, die bald schon trocken sein und sich ankleiden werden, blicken wir eine Zeit lang nicht in ihre Seelen, in denen das Glück bereits gereift ist, denken wir auch nicht daran, dass über Leonardos Körper ein Schauer feinster, zartester Freude lief, gleich dem Wind über einen Fluss. Kehren wir zurück zu der von uns erfundenen, vollkommen unwirklichen Baba und zu der zweiten, offen gesagt, ebenfalls erfundenen, abstrakten Figur, dem Bauern Schildkröt.

Stellen wir uns vor, diese zwei algebraischen Zeichen träfen sich wie Plus und Minus an jenem konkreten geometrischen Punkt, wo die Straßen von Bachtyn in den Marktplatz münden. Die Baba, wäre sie eine lebendige, reale Baba, hätte es geschafft, den Platz zu erreichen und träfe dort auf Schildkröt, der, voll Ärger über die unzähligen Reden, die er seinen Passagieren gehalten hatte und in der Aussicht, sich zu betrinken, schon wieder mit sich selbst sprach, wenn auch äußerst laut.

»Was schwatzt du da, du Dummkopf?«, würde die Baba streng sagen. »Komm, schwatz dir was zu essen. Nimmst du von mir Hafer oder versäufst du auch diesen Karbowanez?«

»Wie viel willst du für deinen Hafer, Baba?«, würde der Bauer Schildkröt fragen, um ein Gespräch über Angelegenheiten der Moral geschickt zu umgehen.

»Dreieinhalb«, würde die Baba antworten, mit einer Stimme, die keinen Widerspruch zuließ.

»Vielleicht komme ich morgen vorbei, naja, vielleicht auch übermorgen«, würde Bauer Schildkröt sagen, um den Tag der Nüchternheit so weit wie möglich hinauszuzögern.

»Übermorgen sind es vier«, würde die Baba sagen und sich wieder auf den Weg machen.

Bauer Schildkröt würde der verdammten Baba sehr gerne sagen, dass es in zwei Wochen in Smijiw Hafer für sieben Hrywnja geben würde, weil es frischen gäbe, aber er würde darauf verzichten. Es wäre nämlich möglich, dass der Hafer der Baba sich nach einer solchen Replik um einen weiteren halben Karbowanez verteuerte und man nirgendwo anders mehr Hafer bekäme. Diese Baba kaufte jeden Herbst zweitausend Pud Hafer zu 50 Kopeken und im Frühjahr und Sommer verkaufte sie ihn für zwei, für drei oder für vier Karbowanez pro Pud.

Bauer Schildkröt, der weitaus klüger war als die Grundherren, weil die Grundherren, wie er schon vor langer Zeit festgestellt hatte, von landwirtschaftlichen Dingen nichts verstanden, erkannte die intellektuelle Überlegenheit dieser Baba vollumfänglich an. Allein die Mechanik ihrer Haferoperationen erschien ihm schlau und weise bis zur Genialität.

Schildkröt spuckte hinter der boshaften Baba aus, kramte nach dem Karbowanez in seiner Tasche, stieg vom Wagen ab und betrat mit dem Karbowanez in der ausgestreckten Hand die Kooperative.

Unterdessen war auf dem Weg, wo gerade noch die Baba lief, schon niemand mehr zu sehen. Nur ein Stechapfel am Wegesrand schüttelte sanft seinen stacheligen, staubigen Kopf und irgendwo in der Ferne gackerte in einem Hof ein Huhn. Die Baba gab es nicht. Sie bog nicht auf eine Straße ab und nicht in einen Hof ein, sie flog nicht in den Himmel und fiel nicht durch die Erde. Es gab sie einfach nicht – wir haben den Leser ja vorab darauf hingewiesen, dass diese Figur erfunden ist, eine vollkommen abstrakte Größe, ein algebraisches Zeichen und kein lebendiger Mensch. Die Baba gab es nicht, so wie es keine Unterhaltung über Hafer gab. Nur der Stechapfel am Wegesrand nickte sanft mit seinem staubigen, stacheligen Kopf.

VII

Gefesselt von der apokryphen Baba ließen wir Doktor Leonardo und seine zukünftige Geliebte Alceste nackt am Ufer des Steppendinez zurück. Ein unmoralischer Leser konnte derweil Gottweißwas von ihnen denken – in Anbetracht der Gefahren einer solchen Reise für zwei stattliche, lebendige Menschen mit heißem italienischen Blut in den Adern.

Aber der unmoralische Leser vergisst, dass der Doktor seine Leidenschaft schon über lange Jahre des Reisens gezügelt hatte und sie nun umso leichter für ein paar Stunden des Wartens zügeln konnte.

Leonardo hielt inne und überlegte. Sie konnten nun auf die erste Klippe steigen, wo schon so viele Initialen, Daten, Namen und Denkmäler der Liebe eingeritzt waren. Von dieser Klippe aus würden sie das ganze Tal des Steppendinez sehen können, den Sadonezker Kiefernwald und hinter diesem Wald eine große Bucht im blauen Dunst, die Eisenbahnbrücke bei Jakubyn und, noch weiter in der Ferne, ganz am Rande des Himmels, einen Zug. Der Wind würde in ihre südliche Stille wie aus einer anderen Welt das Rattern von Waggons und das Asthma einer Dampflok tragen. Rechterhand würden sie jenseits der Klippe bereits Berge sehen können – der Beginn der Slobidischen Schweiz.

Sie konnten auch einfach weiter entlang des Dinez-Ufers bis nach Hajdary laufen. Schließlich konnten sie auch wieder das Boot besteigen und übers Wasser die ersten Berge erreichen.

»Liebe Alceste«, sagte der Doktor. »Ich würde vorschlagen, dass wir wieder das Boot besteigen. Dazu müssen wir zwar wieder zurücklaufen, aber wir haben viel Zeit und die Gesetze der Handlung sind unerbittlich.«

Alceste sagte nichts, sondern stand da und blickte auf das Gras. Leonardo nahm sie ganz sanft bei der Hand und führte sie zum Boot.

Sie plauderten nicht mehr, Leonardo lehnte sich zurück und ruderte und Alceste hatte ihre Kleider unter sich ausgebreitet und lag auf dem Bugspriet, von wo sie ins Wasser schaute. Ein sonderbares Grün wogte und verbog sich unter der Strömung, bildete Haine, zwischen denen sich Abgründe und Schneisen auftaten, aus denen gestreifte Barsche und rotflossige Orfen aufgeschreckt flohen. Der Boden der Schneisen leuchtete von goldenem Sand, der langsam grüner wurde, dann blauer und schließlich ganz im schlammigen Nebel verschwand, auf dem die Fische umherhuschten. Der Boden des Bootes raschelte über Seerosen und zerdrückte deren weiße und gelbe Blüten, woraufhin ihnen ein flüchtiges Birnen-Honig-Aroma entströmte. Ein grün-goldener Käfer gelangte aus einer Blüte ins Boot, kroch langsam voran und kletterte leicht kitzelnd auf Alcestes Hand.

Und über Leonardo schwebten Möwen. Den Tagen seiner langen Reise gleich schwebten sie vor seinen Augen vorüber, spitzflügelig und hell, und es schien ihm, als würde keine einzige wieder zurückkehren, und irgendwo quollen aus einer weißen Wolke immer neue Legionen warmer Schneeflocken und fielen vor seinen Augen auf den Fluss.

Der Dinez hatte kein Ende. Er wurde schmal und schnell, versteckte sich im Schilf, bog nach Osten, nach Süden und wieder nach Osten, trieb das Boot weit, weit ab und zeigte voller Schalk nach vielen Stunden auf einmal erneut seinen – schon einmal passierten – wässrigen Körper, vielleicht fünfzig Schritte entfernt zur Rechten.

Leonardo ließ die Ruder sinken und richtete sich im Boot auf. Sie fuhren in die Slobidische Schweiz ein. Hinter ihnen floss ein Netz aus Seen und Biegungen, der Krywez wurde zum Dintschyk und mündete in das große Becken beim Weiler Sadonezke, vor ihnen links lag wie ein kolossaler Spiegel der See Bile. Und unmittelbar voraus stieß eine Vielzahl dunkler bewaldeter Berge ihren feuchten Atem aus und versteckte so den noch unbekannten Bergdinez unter einer Kosakenmütze. Leonardo stand da wie versteinert, Alceste hob den Kopf und blickte schweigend auf die Wälder. Für einen Moment wurde es ganz ruhig, das Quaken der Frösche hörte auf, die Berge schirmten plötzlich den halben Himmel von ihnen ab und erstarrten in Erwartung.

»Alceste, Liebste!«, sagte Leonardo leise – und konnte mehr nicht sagen. »Alceste«, setzte er mit Mühe wieder an. Sie wandte ihm ihren Kopf zu und sah ihn leise aus tiefen, feuchten Augen an.

»Alceste!«, wiederholte Leonardo. »Dort ... irgendwo dort ... unter den Klamotten liegen meine Zigaretten. Gib sie mir bitte. Ich muss unbedingt eine rauchen.«

VIII

»Wäre ich kein einfacher Mediziner, sondern ein prosaischer Lyriker, von denen es, o Alceste, im Übrigen sehr viele in der Ukraine gibt, Lyriker, die entweder Gedichte schreiben, die sich in nichts von Prosa unterscheiden, oder Prosa, die sehr schlechten Gedichten ähnelt, wäre ich, o Alceste, ein prosaischer Lyriker, ich würde versuchen, dir meinen Eindruck von der Slobidischen Schweiz folgendermaßen zu vermitteln.

Schau, unser Boot schwimmt aus der dreizehnten Flussbiegung hinaus und mit einem Mal ändert sich die ganze Landschaft, als ob auf der Bühne plötzlich anstelle der Steppenscheinwerfer die Waldscheinwerfer leuchteten.

Das Wasser ist dunkel, ruhig und tief. Das Wasser ist viermal so breit, aber drei Viertel davon sind bedeckt vom Schatten der bewaldeten Berge. Hättest du die Augen in der dreizehnten Flussbiegung geschlossen, würde es dir vorkommen, als hätte man dich zusammen mit dem Boot in eine andere Klimazone versetzt, dreizehn Grad weiter nördlich. Hier ist es kühl und feucht. Ahorne und Eichen sind in den Fluss gestiegen und bedecken ihn mit den Fetzen ihrer Ärmel. Das Boot lässt die Bucht hinter sich und vom linken Ufer nähern sich Schwarzpappeln. Eine schwere Wolke hat über dem großen Fluss festgemacht und über dem Wald ihren Anker geworfen.

Dieser Berg verbirgt bereits die halbe Welt vor uns, und das ist nur der erste, niedrigste Berg. Der zweite ist höher, noch höher der dritte und der vierte – die Berge wachsen mit jeder Biegung.

Du siehst: im Wald ist es ruhig und friedlich. Die Wölfe schlafen in ihren Höhlen weitab vom Fluss und nachts kommen sie her, um zu trinken. Menschen gibt es keine, dafür wilde Ziegen, die sich ebenfalls in die Tiefe des Waldes zurückgezogen haben.

Und jetzt hörst du in dieser Stille einen wässrigen Klang, gleich einer Note, einem Triller eines hölzernen Instrumentes in einem Orchester. Er verstummt manchmal, dann aber plätschert er wieder in der Ferne, als ob ein Vogel von Berg zu Berg hüpfen und hinter sich wässrige, etwas heisere, unscharfe, verschwommene Klänge auf eine Schnur auffädeln würde.

Dieser Vogel mit der hölzernen Kehle ist die erste Flöte der Slobidischen Schweiz. Sie wird gespielt von den hölzernen Glocken an den Hälsen der Kühe, dank derer sich verlorene Tiere leicht finden lassen.

Schau jetzt über den Wald – über den Baumkronen siehst du, wie bis zu den Gipfeln der Berge durchsichtige, senkrechte Rauchsäulen aufsteigen, als hätten zehn Abels gleichzeitig im Paradieswald ihre Feuer entfacht. Sie schwanken leicht, wenn Wind geht und richten sich danach wieder auf. Sie wirken ein wenig wie Netze, als hätte jemand Reusen zwischen Wald und Wolken zum Trocknen aufgespannt.

Das, o Alceste, sind Mücken, und zwar nicht über dem Wald, sondern direkt über uns. In der Luft gibt es für uns keine Orientierungspunkte und so erscheint, was unmittelbar vor unserer Nase schwebt, über einem fernen Wald zu fliegen. In der Geschichte der Jagd gibt es mehr als nur einen Fall, wo ein Jäger sein Gewehr in die Hand nahm und auf eine Fliege schoss, weil er dachte, über dem Gebüsch flöge eine Ente.

Schon länger kannst du hören, dass sich unter die wässrigen, hölzernen Triller ein höherer, klarerer, längerer Ton gemischt hat.

Das ist die zweite Flöte, die Piccoloflöte der Slobidischen Schweiz. Du kannst den Piccolo sehen, der auf dieser Flöte spielt.

Denkst du nicht, dass diese Schwalben, dort über dem Berg, etwas größer sind, als sie sein sollten und ihre Flügel nicht so sichelförmig? Dort gleitet eine solche Schwalbe, ihre Flügel formen einen makellosen Halbmond, der Sonne und Rauch durchscheinen lässt. Diese Flügel sind blassorange und das Gefieder hellblau.

Das ist der Piccolo. Dieser goldglänzende Spint ist, so sagt man, das einzige Überbleibsel der tropischen Fauna von einst, vor der großen Polwanderung dieser Erde.

Die Onkelchen nennen diesen Vogel Bienenfresser, weil er so gerne Bienen jagt.

Und dort über dem Fluss blitzte gerade ein noch schillernderer Edelstein auf – er saß auf einem Schilfrohr, als ihn unser Boot aufschreckte. Das ist ein Königsfischer,[VIII] so nennen ihn die Engländer, bei uns heißt er Blauangler.

Und je tiefer das Boot in den Wald hineinschwimmt, desto voller und vielfältiger werden die Klänge. Zu den hölzernen Glocken und den goldglänzenden Spinten gesellt sich ein metallenes Tympanon, spitz und unangenehm – so schreit der Reiher. Gleich den Klarinettenhähnen in einem Orchester fallen ungestüme, hohe Rufe ein, das sind die Habichte und Falken. Und unter all dem, gleich dem abendlichen Zirpen der Grillen, spannt sich ein Netz aus den Stimmen der kleinen Singvögel.

IX

So oder gar lieblicher würde ich dir, o Alceste, die Landschaft der Slobidischen Schweiz malen, wenn ich ein prosaischer Lyriker wäre.

Da ich aber kein prosaischer Lyriker bin, sondern ein einfacher Arzt, ein Venerologe, Leonardo Pazzi aus der Nähe von Bologna, werde ich versuchen, o Alceste, das, was ich fühle, auf eine andere Weise in Worte zu fassen, unter der Bedingung, dass du mir noch eine von den Zigaretten reichst, die dort liegen ... dort irgendwo unter der Kleidung.

Wir kommen jetzt nach Kosatsch. Und da, über Schösslingen von Eiche und Esche, wächst auf einem Berg ein einsamer Baum.

Es ist wohl derselbe Berg, auf dem kosakische Mönche Gärten anlegten und ein gewisser Dorosch ein Bienenhaus fernab des kosakischen Klosters besaß. Hryzko Netschosa, auch bekannt als Potemkin, der Taurier, zerstörte diesen kleinen Kosakenstützpunkt auf Befehl der hochmögenden Hure der ganzen Welt, Zarin Katharina. Es ist dieser wohl derselbe Berg. An der Felswand, die du dort siehst, hat irgendjemand seinen Namen eingeritzt – Perebyjnis.

Aber du solltest, o Alceste, nicht denken, dass hier jener Perebyjnis, der wenig verlangte und mit nur siebenhundert Kosaken den Ljachen die Köpfe von den Schultern schlug und den Rest im Wasser ertränkte, seinen jugendlichen Namen in den Felsen ritzte, der ihm gegeben wurde, weil er, noch als junger Bursche, allen anderen Jungen in seinem Dorf mit nur einem gezielten Schlag die Nase brach.[IX]

Dieser Perebyjnis ist, denke ich, ein junger Bursche aus Smijiw, ein Komsomolze, der vielleicht in der Papiermühle arbeitet und auch Fußball spielt, wo er zwar nicht die Gelegenheit hat, Nasen zu brechen, aber die Beine der gegnerischen rechten oder halbrechten Verteidiger, wenn wir die Hypothese zugrunde legen, dass er selbst, der junge Perebyjnis, links oder in der Mitte spielt.

Es scheint so, o Alceste, als wäre dies derselbe Berg. Du siehst dort, inmitten der Schösslinge von Eiche und Esche, einen einsamen Baum wie eine grüne Kerze.

Es ist vermutlich ein Birnbaum. Ich sehe, oh Alceste, deine erstaunte Reaktion. Woher weiß Leonardo, sagt diese Reaktion, dass es ein Birnbaum ist und zum Beispiel keine Ulme oder irgendein anderer Baum?

Es ist vermutlich ein Birnbaum, sage ich noch einmal. Ein Ukrainer verschont die Birnbäume, wenn er Wälder abholzt. An einem Samstag im Herbst wird seine Familie mit Schweinsblasen in den Wald gehen. Seine Frau und Kinder werden die Säcke mit wilden Birnen füllen, klein und unangenehm im Geschmack. Sie werden diese Birnen in Asche schmoren und am Abend essen, so wie du, o Alceste, am Abend Schokoladenkonfekt von Mosselprom isst. Dieser Birnbaum ist das Mosselprom der Bauern.

Aber so wollte ich dir, o Alceste, nicht von diesem Baum erzählen ... möchtest du irgendetwas sagen?

X

Der aufmerksame und gebildete Leser weiß, was uns die physiologische Wissenschaft über gewisse menschliche Bedürfnisse zu sagen hat, nämlich, dass sie absolut unerbittlich und unausweichlich sind. Die Gewalt dieser Bedürfnisse ist so groß, dass sie, werden sie unterdrückt und nicht befriedigt, irgendwann alles zermalmen, was ihnen im Weg steht. Moral, Sitten, Gesetze, Familienbande, das, was den Menschen am teuersten ist, zermalmen sie wie eine Lawine. Von dieser Art ist der Hunger und von dieser Art ist die Liebe.

Aber andere Bedürfnisse, die seltener in Büchern und erst recht nicht in Gedichten erwähnt werden, sind wohl sogar von noch größerer Gewalt als diese beiden.

»Leonardo, Liebling«, sagte Alceste, »ich würde gerne auf diesen Berg steigen.«

Irgendetwas in Doktor Leonardos Brust machte bei diesen Worten einen Hüpfer, es lag am Ton, in dem sie das Wort ›Liebling‹ aussprach. War die Zeit wirklich gekommen? Endete jetzt wirklich seine geistige Reise in die Seele Alcestes?

»Gehen wir!«, sagte Leonardo und steuerte das Boot ans Ufer. Es fuhr in die Seggen. Alceste sprang leichtfüßig ans Ufer und schob das Boot mit ihren Händen weg.

»Ich werde allein gehen, Leonardo«, sagte sie mit einem bezaubernden Lächeln auf ihren zarten Lippen, »ich bin sofort wieder zurück.«

»Wenn es eine Macht gibt, die stärker ist als die Liebe, dann ist es wahrscheinlich diese«, dachte Doktor Leonardo. Schließlich hatten sie sich seit dem frühen Morgen nicht einmal für eine Minute getrennt.

Und er begann wieder, den einsamen Baum zu betrachten, der über dem Wald stand. Er war tief in Gedanken und merkte nicht, wie sich hinter ihm zwei unvergleichliche Hände voneinander lösten und, sich leise wiederfindend, seine Augen bedeckten. Leonardo nahm die Hände sanft weg und wandte seinen Kopf. Hinter ihm, im seichten Wasser, am Ufer, stand Alceste.

»Ich möchte etwas über diesen Baum sagen, Alceste«, sprach

Leonardo. »Ich weiß nicht, was das Wunderbare an diesem Baum ist, der sich über dem Wald erhebt und dir direkt in die Augen sieht. Vielleicht lockt er deine Seele damit, dass sich hinter diesem Berg wieder ferne und unbekannte Felder befinden und dann wieder Berge, damit, dass es kein Ende deines Weges gibt, und das Geheimnis, um dessentwillen du dich in die Berge aufmachst, wenn es hinter dem ersten Gipfel schwindet, auf wundersame Weise hinter dem zweiten ersteht und es so den ganzen Tag sein wird, bis du in die Nacht trittst.

Dieser Baum ist wie ein Zug, der am Bahnhof in der Steppe vorbeirauscht und für dich in alle Ewigkeit im Tal verschwindet. Dieser Baum ist wie ein Traum, in dem du endlich Glück empfindest und den du bei Tagesanbruch wieder vergisst. Er ist wie Yggdrasil, die Esche der germanischen Mythologie, die in der Erde wurzelt und den ganzen Kosmos trägt.

Von dem, der uns beide erschaffen hat, wurde dies schöner und melancholischer beschrieben. Ich denke, dass mehr schöpferische Kraft auf diese Worte verwandt wurde, als auf uns beide, auch wenn ich der kluge und besonnene Doktor Leonardo Pazzi bin und du die schöne Alceste. Hör zu:

XI

Ach, der Baum aus ferner Erinnerung
Ragte über den Horizont einstiger Sommer
Und verfiel so im Felde der Sterne dem Schlaf.

Wie Schafgarbe erschienen die Sterne:
Dem Paradiesbaum gleich, weltumspannend,

Wehrte er Wermut, besiegte Unkraut,
und wuchs zu Yggdrasil,
– von Meeren, Wolken und Träumen umgeben.

Dieser Baum führt in ein kindlich' Land,
In den überm Fluss brodelnden Nebel,
Hinter die Hügel, jenseits derer irgendwo
Ein Geheimnis liegt und wieder schwindet,
Ins Roggenkorn, das ein Sturmwind,
meine Liebe, über die Hügel trägt,
Zu dir.

– Unterm Baum inmitten des Sommers.

XII

»Ich habe schon erwähnt, dass derjenige, der diese Worte erschuf, auch uns beide erschaffen hat. Dem, der dieses Buch schrieb, war ich mein Leben lang nicht dankbar, zog doch mein Glück an mir vorüber wie ein Stern und lag fortan im Dunkeln. Aber heute danke ich ihm – du weißt schon warum – für etwas, das es auf dieser Erde noch nicht gegeben hat und das heute geschehen wird, Alceste. Ich weiß es, ich fühle es – Alceste, Täubchen, du stehst ja immer noch im kalten Wasser, Liebling!«

Er sprang aus dem Boot und sie liefen bergauf; sie schlugen sich durchs Gebüsch und schickten sich an, die Klippe zu erklimmen. Vor ihren Augen flatterten goldschimmernde Bienenfresser, Blätter kitzelten sie im Nacken und sie stiegen höher und höher bergan.

Ein einfacher Zaun aus frischen Zweigen versperrte ihnen den Weg: irgendwo in der bewaldeten Schlucht diesseits des Berges läuteten hölzerne Glocken. Im Zaun erblickten sie eine Tür.

Ich glaube, dass nur Leonardo diese Tür im weißen Wall der Berghütte sah, denn Alceste, die Leonardos Hand fest umklammert hielt, wandte ihren Blick nicht ab von dieser altbekannten, fremden Hand, die nun zu ihrer eigenen, zu ihrer Hand werden sollte, denn der Abend fiel auf die Erde und Leonardos lange Reise musste enden.

ZWEITES BUCH

I

Als der gelehrte Doktor Leonardo und seine zukünftige Geliebte, die schöne Alceste, nach einem ganzen Tag der Reise in die Slobidische Schweiz am Abend durch die niedrigen Türen in das weiße Slobidische Chalet – man könnte auch Hütte sagen – eintraten, da waren Leser wie Leserin und auch ich selbst davon überzeugt, dass die lange Reise des Doktor Leonardo an ein Ende gekommen war, dass seine zukünftige Geliebte, die schöne Alceste, im Schutz der Nacht zu seiner gegenwärtigen Geliebten werden würde.

Dort, in der Hütte des legendären einstigen Holzfällers und jetzigen Baumpflanzers war damit auch der Beschluss zur Entstehung eines neuen Lebens im Schoß der schönen Alceste gleichsam schon gefasst.

Doch so geschah es nicht. Und dass es nicht geschah, lag am fundamentalen Unterschied, der, aller modernen Wissenschaft zum Trotz, zwischen den Menschen und den anderen auf dieser Welt existierenden Tieren besteht.

Die Kirchenväter verorteten diesen Unterschied in der unsterblichen Seele, die zu Zeiten der Kirchenväter nur im menschlichen Körper lebte und nicht im Köper von Tieren, Meerjungfrauen, Quellnymphen, Waldgeistern, Teufeln, Teufelinnen, Hausgeistern und anderen Bewohnern der Erde, die zu der Zeit selbst nicht rund war, sondern flach, nach Art eines Pfannkuchens in einem Meer aus Schmand.

Aber seitdem die Grammatiker herausgefunden haben, dass Stier, Pferd und Nilpferd essentiell beseelte Lebewesen sind, seit

Meerjungfrauen begannen, als Sekretärinnen zu arbeiten und Waldgeister als Förster, und Teufel zu Dienern der lebendigen Kirche wurden (wie aus den Verkündigungen der Kirchenväter in der Slobidischen Hauptstadt klar hervorgeht), da wurde diese Unterscheidung ausradiert, da ja selbst die Kirchenväter jetzt nicht mehr sagen konnten, in welchem Körper sich eine unsterbliche Seele befinden konnte und in welchem sie sich nicht befinden konnte.

Die Grammatiker, die den Kirchenvätern nachfolgten und, anstelle des Problems der Anzahl der Engel auf einer Nadelspitze, das Problem des gegessenen Eies[X] in den Mittelpunkt stellten und die Frage, ob man *Klub* schreiben sollte oder ob man es besser *Kljub* schriebe und zwar unter Beachtung der Tatsache, dass die Engländer, dieses von ihnen erfundene Wort völlig inkorrekt und schamlos *Klab* aussprachen, verorteten den Unterschied zwischen Menschen und Tieren darin, dass die Menschen schwatzen können und Tiere diese Gabe nicht besitzen.

Jedoch schrieben Esel, Paviane, Elstern und Stinktiere, die die Mehrheit dieser einflussreichen Gemeinschaft von Grammatikern ausmachten, so viele Aufsätze und Bücher und hielten so viele Ansprachen und Reden über das Thema des gegessenen Eies, dass völlig klar wurde, dass Tiere die Gabe der Sprache besitzen, mündlich wie schriftlich.

Also hat sich auch dieser Unterschied zwischen Menschen und Tieren als irreal und inexistent erwiesen. Und tatsächlich gäbe es nun überhaupt keine Möglichkeit, Menschen und Tiere voneinander zu unterscheiden, wenn da nicht ein kleiner Umstand wäre.

Dieser Umstand ließ nicht zu, dass Doktor Leonardo seine Reise in dieser Nacht beendete und die schöne Alceste endgültig und vollständig liebte, da Alceste ja ein Mensch war.

Bei Tieren hingegen lässt derselbe Umstand nicht nur Liebe zu, sondern signalisiert und stimuliert sogar die Zeit der Liebe, wie jeder weiß, der im Frühjahr Hunde in einer Schlucht beobachtet hat oder in einem Gestüt gewesen ist.

II

»Morgen ist es vorbei, Liebling«, sagte Alceste in der Nacht, »und dann werden wir glücklich sein.« Und sie küsste ihn noch heißer und noch süßer. »Ich fürchte nur, dass ich hier in deiner Schweiz kein gekochtes Wasser bekomme.«

Leonardo schwieg. Er war sich nicht sicher, ob wirklich gekochtes Wasser gebraucht wurde. Doktor Leonardo wusste ja, dass Wasser sich selbst sterilisiert, wenn es einige Werst unter der Sonne zurücklegt, da die Bakterien in ihm so verbrannt werden. Schließlich konnte auch der ehemalige Holzfäller und jetzige Baumpflanzer jene Maschine aufwärmen, die man in den Ruinen von Pompeji und Herculaneum fand, die in grauer Vorzeit in die skythischen Länder exportiert und dort Samowar genannt wurde.

Aber das war es nicht, was Doktor Leonardos Seele bedrückte.

Er klagte. Er klagte über die Natur, klagte über den verfluchten Unterschied zwischen Mensch und Tier. Doktor Leonardo, Mediziner und Naturliebhaber, klagte über die Natur.

Er fühlte sich wie jener Reisende in der Slobidischen Schweiz, der durch Wälder und über Felder lief, Flüsse und Buchten durchschwamm, im Sand feststeckte und mit Hunden kämpfte, ohnmächtig in der Sonne und zitternd im Regen, nur um, am Bahnhof angekommen und den Zug vor Augen, zu hören, dass es für den Zug keine Fahrkarte mehr gebe.

Er fühlte sich wie jener mittelalterliche Ritter, der sein ganzes Leben damit verbrachte, mit dem Schwert in der Hand seinen Todfeind zu suchen, und, als er den Feind schließlich schlafend und unbewaffnet unter einem Baum vorfand, seinen Arm nicht heben konnte, um sein Schwert zu schwingen.

Er fühlte sich wie jener Don Juan, der eine Vielzahl von Frauen liebte aber diejenige nicht fand, die er mit seinem ganzen Wesen suchte, und der, als er sie, schön und schüchtern, schließlich fand, nicht mehr lieben konnte.

So dachte Doktor Leonardo und schlief bis zum Morgen nicht. An seiner Seite, auf duftendem Heu, inmitten von Feldrittersporn und Glockenblumen, träumte die schöne Alceste.

Sie träumte, dass aus dem Nebel ein großer grauer silberflügeliger Vogel aufstieg, und dass dieser Vogel sie selbst war – die schöne Alceste. Sie musste weit, weit über den Kiefern fliegen, deren Spitzen wie schwarze geschärfte Klingen, wie Millionen von Schwertern in den grünlichen Himmel des Morgengrauens ragten.

Sie flog unbeschwert und fröhlich, gleichmäßig und leicht hoben sich ihre Flügel und trugen sie über den schwarzen Kamm des Kiefernwaldes. Da fing sie an zu sinken und ihre Flügel streiften mit einem seidenen Rascheln die Nadeln der Bäume.

Sie sank über dem Kiefernwald und die Nadeln bohrten sich leicht und schmerzlos durch die silbernen Federn. Plötzlich spürte sie, wie aus den kleinen, von den Nadeln verursachten Wunden Blut quoll, sie blickte nach unten und jeder Tropfen Blut, der nach unten fiel, wurde zu einer scharlachroten Erdbeere inmitten der grünen Blätter am Boden. Je weiter sie flog, desto stärker floss das Rot und desto zahlreicher erschienen die roten Erdbeeren unter den grünen Blättern im Unterholz.

Und in der Ferne schlief der Ort Lyman. Als wäre der halbe Himmel, glänzend und klar, auf den alten, grauen Solonetz gefallen – so sah Lyman aus. Die Luft wurde noch feuchter und über den Büschen schwebte eine weiße Seeschwalbe nach Lyman, als würde sie auf Flügeln laufen. Schon spürte sie die Kälte des großen Sees, schon flog sie über das Seggenried, als hinter Lyman ein kolossaler roter Halo zu wachsen begann, nackt und ohne Strahlenkranz stieg er aus dem Nebel über dem Wasser empor. Das war die Sonne, die in die Welt auftauchte; und da, irgendein Dröhnen, als würde in unbestimmter Ferne ein Löwe in der Solonetzwüste brüllen. Die Sonne stieg über den Venusgürtel und noch einmal brüllte der Löwe. Das Seggenried war zu Ende, sie war über dem Wasser, der unsichtbare Löwe brüllte und beendete sein Morgenlied. Alceste wachte auf und lauschte: Der Löwe brüllte in der Hütte nebenan.

III

»Das ist kein Löwe«, sagte Doktor Leonardo, schob seine Hand unter Alcestes Kopf und drückte sie zärtlich an sich. »Das ist auch keine Rohrdommel, die im Röhricht brummt. Das ist unser gastfreundlicher Hausherr, der gute Baumpflanzer, der gerade aus dem Schlaf erwacht ist und nach althergebrachtem bäuerlichem Brauch einen Schluckauf hat. Noch eine Note, eine zweite, dann ein Tremolo – und er ist fertig.«

Alceste schloss ihre langen dunklen Wimpern wieder und öffnete ihre unbeschreiblichen Lippen ein wenig. Die Stimme hickste noch einmal und verstummte. Aus der Hütte nebenan ertönte nun dieselbe Stimme, aber tiefer und klarer. Der Baumpflanzer rezitierte ein Gedicht:

Ein Reiher entsteigt den Nebelfeldern,
lautlos mein Vogel seine Flügel schwingt,
Und aus dem Herz ins Grün von Morgenwäldern
Tropft Blut – Blut, das zur Erdbeere gerinnt.

Worauf er, leiser noch, am Horizont versinkt,
schmilzt, irgendwo jenseits der Berge, horch,
Wie der Reiher, vielleicht war's auch ein Storch,
In scharlachroter Stille ertrinkt.

Und über karierter Felder Friede,
Je höher je süßer des Schlafes Wonne,
Am Rande des Traumes der Nacht der Liebe
Ward sie geboren, die Erdbeersonne.

Nachdem das Gedicht verklungen war, gab es hinter der Wand ein Geräusch, als würde jemand auf ein Stück Papier spucken. Dann wurde alles still und in die Hütte kroch ein Strom bläulichen, süßlichen Rauchs.

»Dieser Rauch«, sagte Leonardo, »erklärt dir alles. Auf der Papiertüte, in der der Baumpflanzer letzte Nacht drei Pfund Salz aus Smijiw mitbrachte, war dieses Gedicht abgedruckt. Es gehört zu dem, der uns beide erschaffen hat, o Alceste. Da er, der uns erschaffen hat, ein halbes Jahrhundert früher geboren wurde, als er hätte geboren werden sollen, war dieses Gedicht, anstatt auf dem Tisch des Baumpflanzers zu liegen, als Papiertüte für Salz verwendet worden.

Aber auf jeden Fall hatte es der Baumpflanzer gelesen. Was nun den Rauch betraf – er hat aus dem Papier eine Zigarette geformt, Tabak darin eingerollt und sie geraucht.

Es gibt in diesem seltsamen Land Leute, die es für unverzeihlichen, finsteren Vandalismus halten, Machorka in einem Gedicht zu rauchen. Aber ich würde das nicht sagen.

Wenn Bürger, die durch die Straßen der Slobidischen Hauptstadt laufen, ein halb zerrissenes Plakat sehen, heben sie die Brauen und runzeln die Stirn. Ein Plakat zu zerreißen, erscheint ihnen als wildes, ungerechtfertigtes Rowdytum. Ich verstehe sie – sie haben auf den Plakaten vortreffliche Slogans gelesen, jene Slogans, die einst die ganze Welt vom Joch des Kapitalismus befreien werden. Sie haben eine lebendige, kraftvolle Illustration betrachtet, durch die dieser Slogan noch einmal wiederholt wurde. Sie haben das Plakat vollständig aufgesogen.

Nur eines haben sie dabei vergessen – dass es in dem Plakat, neben den Slogans und Figuren, noch eine Substanz gibt, die sie schon lange nicht mehr bemerken. Diese von ihnen unbemerkte Substanz, das materielle Substrat des Plakats – das ist das Papier.

Ein Onkelchen ging die Straße entlang: Es kam auf der Suche nach Wahrheit zu Fuß aus seinem fünfzig Werst entfernten Dorf in die Slobidische Hauptstadt. Das Brot, das ihm seine Frau im Morgengrauen in ein Säckchen gepackt hat, hatte es noch nicht gegessen. In seinem großen Tabakbeutel hat es noch guten, kräftigen Machorka. Aber schon zwei Tage zuvor hatte es das gesamte Stück Zeitung aufgeraucht, die ein Passagier aus dem Fenster eines Erste-Klasse-Waggons geworfen hatte. Und als es nun zu dieser frühen Stunde durch die Stadt ging, als die Beamten gerade erst begannen, ihre Kocher anzufeuern und die Straßenkehrer ihrer Arbeit nachgingen, sah es an einer Wand PAPIER, viel

Papier, so viel Papier, dass sein ganzes Dorf und zwei benachbarte Weiler sich in einen Kreis setzen und sich aus diesem Papier Zigaretten drehen konnten.

Man wird den guten Baumpflanzer also schwerlich dafür verurteilen können, dass er aus dem Gedicht folgende Zeile herausriss:

Tropft Blut – Blut, das zur Erdbeere gerinnt ...

Denn aus dieser Zeile konnte er die allerlängste Zigarette drehen und nun diese warmen Worte in blauem, süßem Rauch in die unermessliche Weite der morgendlichen Welt paffen!

Umso mehr, als er, der gute Baumpflanzer, das Gedicht zuvor ja gelesen hatte.«

IV

»Was suchst du in meiner Handtasche, o Leonardo?«, fragte die schöne Alceste. »Wenn du dort nach einem Bleistift suchst, um das Gedicht aufzuschreiben oder nach Geld, um den Baumpflanzer für das Gedicht zu entlohnen oder wenn du vielleicht in meiner Handtasche den gestrigen Abend suchst – falls du nach diesen Dingen suchen solltest, wirst du dort nicht fündig werden.«

»Ich bin schon fündig geworden«, antwortete Doktor Leonardo und zeigte Alceste einen kleinen Zylinder aus Kupferbronze mit einer leuchtend roten Spitze. Auf die weiße Wand malte Leonardo mit dem Lippenstift der schönen Alceste in einer purpurnen Linie den Dinez von Smijiw bis zu den ersten Bergen, markierte mit einem breiteren Blutstreifen den Weg vom ersten bis zum

Kosatscha-Berg, zeichnete linkerhand den Bilesee und unterhalb von diesem den Fluss Kosatsch ein, und zwischen die beiden ein Collier aus Seen, er malte die Buchten und Kniee des Dinez hinterm Weiler Koropowe und den Trydinez bei Byschkyn. Mit kühnen Schwüngen brachte er bewaldete Berge an die Wand, die ein Archäologe als *Schlangenwall* bezeichnet hätte, und machte sich daran, den Oberlauf des Dinez von Tscheremuschne und Jakubyn bis nach Ssidky zur Papiermühle zu malen. Die Karte wurde immer höher und breiter, schon erreichte sie unten den Lehmboden und griff oben mit ihren Verzweigungen nach der Decke, doch Leonardo malte mit der Lippenfarbe weiter Seen und Buchten und Kniee ... Plötzlich stotterte der Stift in seiner Hand und hinterließ statt leuchtend roter Linien nur noch blauen Matsch.

»Du hast meinen ganzen Lippenstift verbraucht!«, schrie Alceste erschrocken. »Womit soll ich jetzt meine Lippen anmalen? Es war so ein schöner ausländischer Lippenstift. Ob mir dein Baumpflanzer in seinem Samowar wohl irgendetwas in der Art zusammenbrauen kann? Gemeiner, gedankenloser Leonardo!«

Sie entriss ihm den Rest des Lippenstifts, hatte seine lange klassische Nase bereits feuerrot angemalt und machte sich daran, auch seine hohe Stirn auf dieselbe Weise zu verschönern, als die Tür aufging und der Baumpflanzer das Zimmer betrat. »Der Samowar ist bereit«, sagte er. »Als ich jung war, lief ich sehr schnell, mit einem Schritt konnte ich, wenn ich mich anstrengte, fünf Saschen zurücklegen, vielleicht sogar acht. Einmal wettete ich mit meinem Schwiegervater darum, ob er mit den Pferden oder ich zu Fuß schneller in Smijiw sein würde. Er fuhr mit zwei Pferden los und ich lief, als ob ich nicht laufen, sondern fliegen würde, vier, fünf, manchmal auch zehn Saschen auf einmal. Ich kam an, kaufte Brot, Hering, trank, aß – und mein Schwiegervater war mit seinen zwei Pferden erst bei Prowallja. So lief ich also und der Samowar ist bereit und Sie haben seine Nase sehr schön bemalt!«

V

Der Baumpflanzer war ein großer und stämmiger Mann.

Graues Haar, zur Bürste geschnitten, bedeckte dicht seinen runden Kopf. Das pockennarbige Gesicht sah mit einem Paar kleiner, schwarzer Augen und roch mit zwei kolossalen Nasenlöchern, aus denen störrische Haare wie Stalaktiten in einer Höhle hingen, die auch aus den Ohren, am Nacken, von der Nasenspitze, an den Wangen und von seinem Troglodytenkinn wuchsen. Der Baumpflanzer hätte gleichzeitig als Reklame für Haarpomade und Rasierhobel herhalten können.

So wie die Rasur die störrischen Haare im Gesicht des Baumpflanzers überwunden hatte, so hatte die Kultur über die wilden, bäuerlichen Instinkte in seiner Seele gesiegt.

Er arbeitete hart, dieser sechzigjährige Baumpflanzer. Angespannt in ein Segeltuchgeschirr brachte er jeden Tag selbst ein Fass Wasser in sein Chalet. Er wässerte seine Bäume und schnitt seinen zwischen ihnen gedeihenden Schneckenklee. Den Schneckenklee trug er dann zu Haufen zusammen. Nachdem die Ernte eingeholt war, lief er zu Fuß die neun Werst nach Smijiw, kaufte sich Branntwein und trank sich einen Rausch an. Nachdem er sich einen Rausch angetrunken hatte, fing er an mit heiserer Stimme grauenhaft zu singen.

Aber niemals vergaß er bei allen um Verzeihung zu bitten, dass er wie ein ungehobelter Chochol Branntwein trank und lauthals sang. Und an Ostern stand seine Kultiviertheit in voller Blüte.

Er rasierte sein vernarbtes Gesicht und rasierte auch seinen runden Schädel. Dann zog er ein weißes Hemd an und schloss es am Hals mit einem bronzenen Knopf. Danach legte er einen schwarzen Schoßrock an, beschuhte sich mit neuen Stiefeln, zog neue Nainsukh-Hosen an und setzte sich eine schwarze Strohmelone auf den Kopf. Die Melone elegant mit der rechten Hand lüftend, drehte er in der linken einen Gehstock mit Monogramm, grüßte liebenswürdig nach rechts und links seine Nachbarn und wandte dabei jedes Mal freundlich den Kopf auf seinem nackten, faltigen, schildkrötigen Hals.

So ordentlich lebte und arbeitete der sechzigjährige Baumpflanzer in seinem Chalet über dem Dinez.

VI

Aber die unbeständige Baba, erschaffen von unserer unbändigen Fantasie, wenn sie, diese unbeständige Baba auf dem Weg von Smijiw zum Weiler Koropowe am Chalet des guten Baumpflanzers vorbeikäme, könnte sie noch viel mehr aus seiner Biografie berichten.

Stellen Sie sich vor, diese fantastische Baba ginge den Pfad inmitten der jungen Haselsträucher entlang, die auf einer abgeholzten Fläche etwas oberhalb der Hütte des guten Baumpflanzers wachsen. Ich glaube, es war so, dass Sie, nachdem Sie aus Versehen auf das Ende eines großen, trockenen Astes getreten waren, plötzlich ein Knacken hinter Ihrem Rücken hörten und sich dann irgendeine Gestalt vorstellten, die Ihnen folgte – dazu raschelte der Wind in den trockenen Blättern – und Sie blickten sich leicht ängstlich um und sahen, dass auf dem Pfad niemand war.

Jetzt ist es Ihnen ein Leichtes, sich vorzustellen, es raschelten auf dem Pfad nicht nur die Blätter, es knackte nicht nur der Ast, sondern es röche auch noch leicht nach Borschtsch und nach gebackenem Brot und nach dem Schweiß einer Baba – und siehe da, aus dem Busch humpelt sie höchstselbst heraus – die sagenhafte Baba.

Nun aber muss ich Sie bitten, sich um noch größere Konzentration zu bemühen. Sie müssen sich vorstellen, diese fantastische Baba, deren Verkörperung in einem schwarzen, getupften Rock wir nicht gerade leicht auf den Pfad inmitten der Haselsträucher, etwas oberhalb der Hütte des guten Baumpflanzers holen konnten – diese fantastische Baba sei nicht einfach nur eine Baba an sich, sondern die erste Frau des guten Baumpflanzers, die er in Zeiten des Hungers aus seiner Hütte gejagt hatte, damit es dort weniger Esser gäbe.

Ich weiß, dass es ganz und gar nicht einfach ist, sich ein solches Unding vorzustellen. Wir sind nicht mehr im Mittelalter, wo ein gesunder Mann irgendein Gespenst, ein Phantom, ja, eine Art algebraische Formel zur Frau haben konnte, statt einer echten, lebendigen Baba. Derartige Phantome anstelle von Frauen befriedigen heute nur noch die jugendliche Intelligenzija, die sich vor Geschlechtskrankheiten fürchtet und den Umgang mit Phantomen vorzieht. Trotzdem müssen Sie sich das Gesagte vorstellen. Diese Frau, so stellen wir uns vor, war die erste Frau des guten Baumpflanzers.

Er jagte sie im Winter aus der Hütte, sie und zwei Kinder, damit sie ihm nicht die Haare vom Kopf fräßen. Sie verschwand über alle Berge, eines der Kinder verduftete, als wär es zu Rauch geworden, und der andere Junge lebt bei den Obdachlosen; man erzählt sich, dass er sogar bei dem Baumpflanzer einmal aufgetaucht sei und versucht haben soll, sich mit ihm aus der Ferne zu unterhalten. Die Unterhaltung war recht kurz, da der Baumpflanzer, sobald er begriffen hatte, was los war, flott in die Hütte sprang und sofort wieder nach draußen eilte, wobei das Schloss seiner Berdanka auf dem Weg klickte und er eine Patrone einlegte.

Man sollte erwähnen, dass er gar nicht hätte schießen brauchen, da der obdachlose Sohn in den Haselsträuchern verschwand und der Baumpflanzer, der ihm hinterherschoss, lediglich die Sträucher mit Schrot bestreute.

Die Blätter raschelten, irgendein Zweig knackte und alles wurde still. Niemand war mehr auf dem Pfad. Der obdachlose Sohn war weg. Der Alte fluchte noch einmal wild und ging zurück in die Hütte. Der Wind legte sich und die Sträucher und der Pfad und der Himmel über ihnen erstarrten für einen Moment, als wären sie gemalt.

VII

»Das ist meine Flinte«, sagte der Baumpflanzer und zeigte Alceste und Leonardo den hellgelben Schaft und dunkelblauen Lauf der Berdanka. »Gleich nachdem ich sie gekauft habe, brachte ich sie zum Schmied – dann haben wir für einen satteren Schuss den Lauf um einen oder anderthalb Werschok abgesägt.«

»Werter Gastgeber, ich glaube nicht, dass Sie daran gut getan haben«, sagte Doktor Leonardo, »ich kann Ihnen versichern, dass diese Flinte den Gesetzen der Ballistik folgt und dass sie das Schrot jetzt stark streuen wird. Sie wird jetzt so stark streuen, dass nicht nur ein beliebiges obdachloses Kind, sondern auch eine ausgewachsene Baba unberührt und unversehrt durch das Netz Ihres Schusses schlüpfen wird. Ich fürchte, dass Sie ihr Gewehr mit dieser Art von Beschneidung vollkommen ruiniert haben.«

In diesem Moment aber knackte etwas in den Haselsträuchern – man hörte es durch die offenen Fenster – und der Baumpflanzer schnappte sich seine Berdanka und flitzte nach draußen. Alceste rannte schnell zu Leonardo und barg ihren Kopf an seiner Brust. Lockiges, braunes Haar kitzelte Leonardo im Gesicht und kratzte in seinen Augen. Er küsste sie zärtlich und freute sich heimlich am feinen Aroma ihres mädchenhaften Körpers, ihres Haars und vager Anklänge von Eau de Cologne, wie bei einem dreitönigen Akkord, bei dem das Eau de Cologne als unerwarteter, unlogischer Halbton einsetzte. Er drehte sacht ihren Kopf mit dem Gesicht zu sich, sie schloss langsam ihre Augen und ihre Lippen kamen sich allmählich näher. Und Alceste sah, obwohl sie mit fest geschlossenen Augen dastand, dennoch Leonardos Lippen ganz nah an den ihren. Es ist eine Art Instinkt – kein Atem, um Gottes willen, nur ein vollkommen unzivilisierter Mensch würde sich in einem solchen Moment gestatten zu atmen – kein Atem und kein Blick – die Augen sind ehrlich und selig geschlossen und es ist nur ein Instinkt, der verrät, wann die Lippen sich langsam berühren sollen. Immer fester schloss Alceste die Augen und öffnete ganz leicht ihre Lippen ...

Ich denke, dass ich mir meiner Schuldigkeit gegenüber dem Leser voll bewusst bin. Ich weiß, dass ich dem Leser erhellen muss, wer von den Liebenden – er oder sie – die Lippen der oder des Liebenden zwischen seinen Lippen aufnehmen soll, anders gesagt, wem das Recht und die Pflicht zukommt, mit seinen Lippen die anderen Lippen zu umfangen.

Ich wiederhole noch einmal, dass ich jede Anstrengung unternehmen würde, um bei der Lösung dieses Problems zu helfen, aber leider habe ich keine Minute, nicht einmal eine Sekunde Zeit.

Denn genau in diesem Moment, als Alceste ihre Lippen leicht öffnete, donnerte ein Schuss über ihren Köpfen.

VIII

Den Schuss hatte der Baumpflanzer abgegeben, der, wie der unaufmerksame Leser bereits wieder vergessen haben könnte, mit der Berdanka in der Hand hinaus in den Hof gelaufen war und so den Liebenden erst die Möglichkeit gegeben hatte, sich zu küssen.

Das Gewehr rauchte noch in seiner Hand, er murmelte hastig Flüche in seinen Bart und beobachtete aufmerksam die Haselsträucher jenseits des Hofes.

Doktor Leonardo lehnte sich an seiner Hüfte aus dem Fenster.

»Sie haben umsonst geschossen, guter Baumpflanzer«, sagte Leonardo freundlich. »Ich hatte ja bereits die Gelegenheit, Ihnen zu erklären, dass nicht nur irgendein obdachloser Vogel, sondern auch eine ganze ausgewachsene Baba, Ihre Frau (wenn Sie eine Frau hätten), unberührt und unversehrt durch das Netz ihres Schusses hindurchgehen könnte, da Ihre Flinte ja nun so fürchterlich streut.«

Der Baumpflanzer antwortete nicht, sondern murmelte nur ein paar Worte vor sich hin. Für einen Augenblick hatte ihm scheinen wollen, als hätte er in den Haselsträuchern am Pfad seine erste Frau gesehen, die er mit den Kindern aus dem Haus gejagt hatte, damit sie ihm nicht die Haare vom Kopf fräßen. Damals hatte er ihr noch klar und deutlich gesagt, dass sie nicht in die Nähe seiner Hütte kommen solle und dass er sie ansonsten erschießen würde.

Sie war schon lange tot, aber was war es dann, das da in den Haselsträuchern geraschelt hatte, und was war das für eine Baba gewesen, die er auf dem Pfad gesehen hatte? Es war unmöglich, dass die verfluchte Baba lebendig genug war, um aus dem Grab zu seiner Hütte zu kommen und seinen Gästen zu erzählen, wie sie im Winter fortgejagt worden war, wie sich einer ihrer Söhne mit den Obdachlosen herumtrieb, wie der andere Sohn nach Hause zurückgekehrt war und sein Vater ihm ein Bein abgesägt hatte und ihn betteln ließ, wie dieses abgesägte Bein ihm Glück gebracht hat, wie erfolgreich sein Geschäft lief, wie er als ›Invalide‹ ohne Zölle oder Steuern Geld verdiente und er auch noch geheiratet hatte und diesen Sommer seinen Vater besuchen wollte. Es war unmöglich, dass sie gekommen war, um all dies seinen Gästen zu erzählen, um von seinem ersten Sohn zu erzählen - dem Obdachlosen –, von seinem zweiten Sohn – dem Geschäftsmann – und von sich selbst – der Verstorbenen!

Aber dennoch, was hatte da in den Sträuchern geraschelt?

Der Baumpflanzer legte eine weitere Patrone in die Berdanka und ging zu den Haselsträuchern. Er betrat den Pfad und ging ihn einige Meter entlang. Linkerhand knackte etwas in den Sträuchern, er hob seine Flinte und zielte.

Aus dem Blattwerk erhob sich die kolossale Figur eines Mannes mit einem Holzbein.

»Sie sind es, Vater«, sagte er mit kalter, tiefer Stimme. »Ich habe hier irgendwo meinen Schlüssel verloren. Helfen Sie mir suchen, mit einem Bein ist es für mich ziemlich schwer, unter den Sträuchern herumzukriechen. Wir kommen zur Sommerfrische. Klawa sitzt da drüben – zieht ihre Schuhe an oder so. Wissen Sie, Sie müssen besser schauen, wenn Sie mit der Berdanka auf Spatzen schießen: Klawa sagt, dass irgendetwas von oben auf sie herabgerieselt sei. Ich glaube, das war Ihr Schnepfenschrot. Aber sagen Sie es ihr nicht, das wird ihr nur Angst machen.«

Er hob den Schlüssel auf, half seiner Frau aufzustehen und alle drei gingen langsam zur Hütte.

IX

Wenn Leonardo und Alceste noch in der Hütte gewesen wären, hätten sie keinerlei Spur von Feindseligkeit sehen können zwischen dem Vater und seinem Sohn, dem er einst ein Bein abgetrennt hatte, damit er beim Betteln mehr verdienen konnte. Der Sohn behandelte seinen Vater ein wenig von oben herab, er war ja trotz allem ein Städter und kein Bauerntölpel, noch dazu ein wohlhabenderer Mensch. Der Vater achtete seinen Sohn und widersprach ihm nur selten im Ton großväterlicher Weisheit (und da diese Weisheit allermeist hinter dem Ofen hockt, hat sie keinen großen Einfluss auf die Führung der Hauswirtschaft).

Aber Alceste und Leonardo sahen dies nicht, da sie bereits durch das Tor auf den Weg getreten waren und nun zum Fluss hinabstiegen, wobei sie in ihren Händen drei Ruder trugen, deren drittes in der Slobidischen Schweiz anstelle eines Steuerruders verwendet wird. Im Wald besang eine Sopilka den Sonnenaufgang und näherte sich langsam den Reisenden.

»Das ist ein Hirte«, sagte Leonardo, aber zwischen den uralten Klängen der hölzernen Flöte hörte er keine Kuhglocken und eine dunkle Vorahnung schnürte ihm das Herz zu. Einsam und allein sang die Sopilka und sie kamen ihr immer näher.

»Zusammen werden wir, o Alceste«, sagte Doktor Leonardo, »zu den stillen Seen der Slobidischen Schweiz fahren. Bis jetzt sind wir nur auf dem Fluss gefahren – schau dort, in der Nähe des Kosatscha- Berges, wo einst die Tataren die Kosaken aus der Steppe heraus und auf die Klippe getrieben haben und die Kosaken dann aus schwindelnder Höhe in den Dinez gefallen und gestorben sind – in der Nähe des Kosatscha endet die erste Bergkette, der Dinez ergießt sich in das Tal von Byschkyn und nähert sich direkt hinter Byschkyn schon der zweiten Bergkette. Dort beginnt die Seenschweiz.

Vergessen wir den guten Baumpflanzer und lassen wir ihn seine Familienangelegenheiten mithilfe seiner schussunfähigen Berdanka regeln. Umso mehr, da er es kaum schaffen wird, diese Familienangelegenheiten mit hinreichender Radikalität zu regeln. Wie ich bereits die Gelegenheit hatte anzumerken, hätte die konkrete, ausgewachsene Baba durch das Schrotnetz seines Schusses leicht hindurchgehen können und nicht nur das Gespenst familiären Chaos, das er in den Sträuchern erblickte. Lassen wir ihn und schauen wir uns den Hirten an, der so süß auf der Sopilka spielt.«

Nachdem er das gesagt hatte, schob Leonardo die widerspenstigen Zweige eines jungen Haselstrauchs beiseite, warf die Ruder auf den Pfad und verschwand im Dickicht. Seit dem frühen Morgen war Leonardo nicht einen Moment von der schönen Alceste getrennt gewesen, nun aber verspürte er den unbezwingbaren Wunsch, sich für einen Moment von ihr zu lösen. Er lief sehr schnell und entfernte sich mit Absicht vom Pfad, während er in seiner Tasche die letzte Ausgabe der italienischen Zeitung *Voce del Popolo* erfühlte.

»Leonardo!«, ertönte eine Stimme, lang und traurig, vom fernen Pfad. »Leonardo! Ich sehe dich nicht.«

Wieder bedrückte der Haselstrauch mit federnden Umarmungen Doktor Leonardos Herz. Er wurde matt, ihm schien, als hätte er Alceste für immer verloren, als hätte er sie nie gehabt. Doch er konnte sich nicht vom Fleck bewegen, nicht zurückgehen, selbst wenn der Baumpflanzer ihn für den Geist seiner ersten Frau gehalten und mit seiner schussunfähigen Berdanka auf ihn gezielt hätte.

»Leonardo, du hast mich verlassen!«, wimmerte noch einmal die zarte Stimme Alcestes und verstummte. Der Haselstrauch neigte sich still über den Doktor, ihm wurde schwindlig, für einen Moment brach die Sonne durch die Baumkronen und Leonardo fiel in Ohnmacht.

X

Unterdessen lief Alceste weiter, rang ihre Hände und stolperte über die Ruder, die leblos auf dem Waldpfad lagen. Vor ihr knackte irgendetwas in den Sträuchern – »Leonardo!«, kreischte sie und stürzte auf ihn zu, aber aus den Sträuchern erhob sich eine gigantische, unbekannte Gestalt.

In ihrer linken Hand hielt die Gestalt die hölzerne Sopilka. Freundlich lächelnd trat der Gigant auf Alceste zu – sie stand verängstigt da und wusste nicht, ob sie fliehen oder nach Leonardo fragen sollte.

»Ich bin Student«, sagte der Gigant, »und mein Name ist Perebyjnis. Mein Urgroßvater hatte einst, vor langer Zeit, Ungeheures verlangt – siebenhundert Kosaken. Mit ihnen schlug er den

Ljachen die Köpfe von den Schultern und ertränkte den Rest im Wasser, wie Ihnen Doktor Leonardo erzählte, als Sie im Boot am Klosterberg vorbeifuhren. Ich hatte gerade meinen Namen in die Klippe geritzt, da sah ich Sie im Boot. Ich wollte vom Berg rufen, da Sie mein Herz erobert hatten, aber Doktor Leonardo ...«

»Leonardo hat mich verlassen«, sagte leise Alceste und von ihren langen, dunklen Wimpern kullerten zwei große, helle Tränen herab. Der Student nahm ihre Hand.

»Ich habe für Sie auf der Sopilka gespielt«, sagte er nur. »Ich habe eine Melodie über Perebyjnis, meinen Urgroßvater gespielt. Vergessen Sie Leonardo!«

Er zog die vorletzte Ausgabe der *Voce del Popolo* aus seiner Tasche. Er faltete die Zeitung auseinander, nahm vorsichtig ein Stück Salo heraus und zeigte die Zeitung Alceste.

»Doktor Leonardo Pazzi«, stand in der Zeitung auf Italienisch, »ist, wie sich herausstellt, nicht Doktor Leonardo Pazzi. Man hat festgestellt, dass sein richtiger Name Don José Pereira lautet und er von Geburt Spanier ist. Es heißt ...«

Aber Alceste hörte nicht mehr zu. Mit einer ärgerlichen Geste gebot sie Perebyjnis, nicht weiterzulesen.

»Ein Spanier!«, schrie sie. »Ein Spanier, und er hat es gewagt! ... er hat sich getraut! ...« Krämpfe schnürten ihr die Kehle zu, sie schwankte, ihre Lider schlossen sich über feurigen Augen. Perebyjnis hob sie leicht und gekonnt mit seiner rechten Hand auf. In seine Linke nahm er die Ruder und lief den Pfad hinab zum Fluss.

Etwas warmes und weiches kitzelte Alceste angenehm im Nacken. Sie kam zu sich und griff mit der Hand nach dem flauschigen Fell eines Rohrkolbens. Unter sich sah sie Wasser. Perebyjnis stand an der Anlegestelle und hielt sie immer noch in seiner rechten Hand, während er das Boot losband.

»Wie soll ich dich nennen, mein Retter?«, fragte Alceste leise.

Perebyjnis antwortete nichts. Er machte das Boot los, steckte die Ruder in die Halterungen, breitete den Salo auf dem Bug aus, setzte Alceste ans Heck und schob das Boot mit zwei mächtigen Schlägen auf die Mitte des Flusses hinaus. Danach hob er seinen Kopf; und seine hellblauen Augen trafen die dunklen Augen Alcestes.

»Sie können mich Orest nennen«, sagte er. »Bei uns sagt man *Jares*. Hören Sie, wie süß die Bienenfresser pfeifen, während sie über die Klippe fliegen. Schauen Sie, wie golden ihre Körper sind und wie blau ihre Flügel. Ich bin kräftig und lebensfroh und ich werde Sie zu den fernen Seen bringen.«

»Orest! Nein ... Jares!«, sagte Alceste. »Schauen Sie, wie die Sonne auf dem Wasser spielt. Schauen Sie, wie diese Teichbinsen einen Bogen formen, in dem eine Wasserblase steckt, die mit dem zartesten Film überzogen ist. Auf ihr spielen die sieben Farben des Regenbogens, sie zittert mit jeder Faser ihrer flüchtigen Seele, aber sie lebt, und um sie herum fließt das Wasser, ihre Mutter, in die fernen Seen. Jares! Unsere Begegnung ist wie dieses Wasserauge – die Nacht wird kommen und morgen wird sie vielleicht nicht mehr sein. Jares! Fahren wir zu den fernen Seen!«

»Alceste! Schon ziehen die Berge vorüber, immer höher und unbändiger wächst das Schilf an den Ufern. Es sieht aus wie ein Reiterheer, das seine Pferde am Wasser tränkt, mit wehenden Bannern über ihren Köpfen. Und wenn es Abend wird, werden sie schwarz und fürchterlich, wie die unzähligen Integrale im Buch von Professor Struve, zu denen ich, weh mir, eine Prüfung ablegen muss. Schwer sind diese Integrale für einen Kosakenenkel und Bauernsohn. Aber ich werde sie überwinden, so wie dieses Boot auch den Sieg über das Schilf in den Seen davontragen und sich einen Weg bahnen wird. Schauen Sie, das Schilf steht am Wasser wie ein Reiterheer. Es nickt mit seinen Köpfen und Speeren und will Ihnen damit sagen, dass ich Sie liebe, Alceste!«

»Jares! Schon ziehen die Berge vorüber und der Wald an ihren Hängen zittert. Er zittert und Nickel regnet von der Sonne auf ihn herab, bedeckt die Eschen, glitzert auf dem Boden und sammelt sich wieder in den Kronen. Als ob die grünen Kronen aus Seidenpapier ausgetauscht würden gegen nickelne Heller, die auf die Erde fallen und die unterirdische Eschenkasse füllen. Die von Nickel glitzernden Eschen auf den Bergen ziehen vorüber. Sie verkünden Ihnen, dass ich Sie liebe, Jares!«

XI

Die Berge waren vorübergezogen – der Dinez teilte sich am Trydinez, zweigte rechts nach Homilscha ab, links in Richtung der Dünen und floss in der Mitte weiter geradeaus. Perebyjnis ruderte nicht, da sich das Boot von allein auf den mittleren Dinez begab. Die Ufer pressten ihn zusammen, er war wie ein glänzendes Eisenbahngleis aus zwanzig spiegelnden Schienen, eine fest mit der anderen verbunden. Das Boot flog entlang dieses stählernen Bandes, Enten stiegen in Wolken aus den Auen auf und zischten über ihre Köpfe hinweg. Am Ufer saß ein Brachvogel und steckte seinen krummen Schnabel in den sumpfigen Uferboden. Lachende Möwen hingen mit ihren braunen Flügeln in der Luft und fielen plötzlich wie Schnee auf die Auen.

Direkt vor ihrem Boot zeichnete sich Tscherkaskyj Byschkyn ab.

»Jenseits der Brücke von Tscherkaskyj Byschkyn liegt Ruskyj Byschkyn«, sagte Perebyjnis. »Wenn ich Ihr Doktor Leonardo wäre«, fügte er missmutig hinzu, »würde ich Ihnen erst einmal von dem Wort Byschkyn erzählen und davon, was dieses turksprachige Wort alles bedeuten kann, außerdem von Tscherkassy und wie es dazu kam, dass dieses Wort das ukrainische Volk bezeichnet, und zum Schluss würde ich, um Ihnen zu gefallen, noch feststellen, dass Rusky Byschkyn ein syphilitisches Dorf ist.

Ich bin aber nicht Doktor Leonardo (wie ja auch er nicht Doktor Leonardo ist, sondern selbst nur irgendein Spanier namens Don José Pereira) und anstelle von statistischen Daten über die Syphilis in Byschkyn werde ich Ihnen eine Geschichte über die Große Liebe erzählen, denn letztendlich ist auch die Syphilis nichts andres als ein Zeichen der Großen Liebe.

In einem Weiler unweit des Dinez lebte ein uraltes, weises Großväterchen, ein Imker. Viele Jahre sammelte er Honig aus Bienenstöcken, viele Jahre jagten die regenbogenfarbenen Bienenfresser seine Bienen, bis zu dem einen Jahr, in dem das Großväterchen die Liebe kennenlernte.

Aber der Großvater verliebte sich nicht in ein junges Mädchen, nicht in ein schönes Weib und nicht in ein altes Großmütterchen. Der Großvater verliebte sich auch nicht in einen Knaben, wie die alten Griechen denken würden, wenn sie meiner Geschichte lauschen würden.

Der Großvater verliebte sich in einen Hund – und der Hund verliebte sich in den Großvater. Sie gingen zusammen zu den Bienenstöcken und die Bienen, die den Großvater achteten, respektierten auch seinen Hund. In der Nacht fand man den Hund auf dem Ofen und der Großvater schlief mit seinem grauen Kopf auf dessen großem, struppigem, warmem Körper.

Aber immer ist es eine Bürde für die Liebe, wenn die, die sich lieben, nicht das gleiche Alter haben. Alt war der Großvater und der Hund war sehr jung, er wollte auf den Feldern umherspringen, jagen, und allem hinterherrennen, das erschrocken davonlief. Und so tötete der Hund eines Tages ein Huhn.

Die Hofbesitzer, die Söhne des Großvaters, schäumten vor Wut, aber der Alte war derart untröstlich, dass sie dem Hund verziehen. Und wieder lebte der Großvater glücklich mit seinem Hund, bis der Hund eines Abends der Versuchung nicht widerstehen konnte und wieder ein Huhn tötete.

Als der Großvater das sah, wurde sein Herz kalt und er tat etwas, wogegen sich seine ganze Seele auflehnte – er nahm einen Stock und mit Tränen in den Augen schlug er seinen Hund. Aber auch das half nichts und die Söhne des Großvaters legten den Hund an die Kette, damit kein weiterer Schaden auf dem Hof entstünde. Der Großvater konnte nun nicht mehr zusammen mit seinem Liebling zu Abend essen, mit ihm zu den Bienenstöcken gehen oder auf den Feldern spazieren und brachte ihm lediglich jeden Abend ein schönes Stück seines kärglichen Abendessens. Und der Hund, traurig und unglücklich, leckte dem Großvater so lange die Hand, bis diesem die Tränen in den Augen standen. Und der Großvater ging allein schlafen, auf dem harten, unbequemen Ofen.

Am Morgen steckte der Großvater ein Brot in ein Säckchen, goss Honig in eine Schüssel, deckte sie mit einem sauberen Tuch ab und nahm sie mit, um den Honig in der Stadt zu verkaufen. Den ganzen Tag wollte der Alte wegbleiben, deshalb ging er zu seinem Hund, streichelte und tröstete ihn lange, gab ihm die Hälfte von seinem Brot, küsste ihn auf die Schnauze und ging fort in die Stadt.

Der Hund wollte sich losreißen, heulte, jaulte und sprang an der Kette auf und ab, aber der Großvater war schon vom Hof gegangen. Und zu dem Pfahl, an dem die Kette befestigt war, liefen die Hühner.

Ich weiß nicht, wie es passiert ist, jedenfalls hatte der Hund wieder gesündigt. Die Hofbesitzer liefen nach draußen, denn es war Sonntag und sie lagen in der Hütte. Und als sie sahen, dass der Hund ein Huhn getötet hatte, schlugen sie ihn mit einer Axt tot und hackten seinen Kopf ab.

Am Abend kam der Großvater aus der Stadt zurück. Er hatte noch ein Stück Brot aufgehoben und von der halben Kopeke, die er zusätzlich zu einem Karbowanez für den Honig bekommen hatte, hatte er eine Scheibe Wurst gekauft. Als er aber den Hof betrat riss der Hund nicht an seiner Kette und grüßte ihn nicht mit Freudengeschrei. Der Großvater kam näher und sah, dass der Hund nicht da war.

Das hieß, seine Söhne hatten sich besonnen und seinen Liebling von der Kette befreit – so dachte der Großvater. Und er ging in das Gärtchen, um den Hund zu suchen und rief ihn absichtlich nicht, um ihn selbst zu finden und ihm sein Essen geben zu können.

Er fand ihn im hohen Gras – nur war es ziemlich seltsam, wie der Hund da stand, stumm und völlig unbeweglich schaute er ihn an. Der Großvater rief und winkte, aber der Hund rührte sich nicht. Der Großvater kam näher und sah einen leblosen Kopf, aufgespießt auf einem Pfahl.

Nicht lange stand der Großvater da, dann nahm er den Kopf vom Pfahl, streichelte ihn und steckte ihn behutsam in sein Säckchen. Er nahm auch den Pfahl und brach von ihm ein Stück ab, das genau so groß war, dass es gut als Gehstock dienen konnte. Danach wandte er sich um und ging aus dem Hof, hinaus in die Welt.«

XII

Schon waren die Auen von Byschkyn vorübergezogen, schon waren die drei Dinez wieder zu einem zusammengeflossen und hatten sich in einem weiten Flussbecken ausgebreitet, schon floss einer der Arme an Tscherkasky Byschkyn vorbei, schon färbte sich jenseits der Brücke die zweite Bergkette blau, und Alceste saß immer noch regungslos da und sagte kein Wort zu Orests Geschichte.

Die zweite Bergkette färbte sich blau und dahinter lauerte noch etwas anderes, weit größer und höher und noch blauer und noch dunkler.

»Ein Gewitter«, sagte Perebyjnis. Noch brannte rundherum die Mittagssonne herunter, noch war kein Schatten auf dem Dinez, aber am Rand des Himmels wuchs und schwoll bereits eine blaugraue Masse. Sehr schnell jagte sie am rechten Ufer heran, Berg um Berg bedeckte ihr Schatten, Flussarm um Flussarm verdunkelte sich und das Funkeln verließ das Wasser. Schatten fiel auf den Dinez, das Schilf stand vollkommen still, fern und laut erhob sich ein Grollen über den Bergen.

»Ich fürchte, es wird regnen«, sagte Alceste, »und mein Mantel ist noch bei Leon ... bei diesem gemeinen Spanier. Ich werde nass werden und mich erkälten und sterben, mein Jares – wo wirst du mich begraben?«

Perebyjnis antwortete nicht. Er hatte eine Stelle am bewaldeten Ufer ausgewählt und steuerte das Boot nun dorthin. »Oj, es nähert sich die schwarze Wolke«,[XI] sang Perebyjnis, und die Wolke näherte sich wirklich. Das Boot lief auf das Ufer auf, Perebyjnis sprang heraus und half Alceste auszusteigen. Er hielt sie kurz in seinen Armen, bevor er sie, als würde er es bedauern, auf den Boden stellte, dann wandte er sich wieder dem Boot zu. Er zog an ihm und das Boot hüpfte wie eine Ente platschend ans Ufer. Dann zog Perebyjnis vorsichtig die Ruder heraus, nahm den Salo aus dem Boot, gab ihn Alceste, packte das Boot an seiner Seite und drehte es mit einem Ruck um.

»Um zum Wirtshaus zu gehen«, beendete er das Lied, nahm Alceste erneut auf seine Arme und platzierte sie bequem unter dem Heck. Dann häufte er auf einer Seite des Bootes Sand an und stützte die andere Seite mit Ästen. Danach kletterte er selbst unter das Boot, seine nackten Füße aber passten nicht darunter und schauten so weit heraus, dass sie fast das Wasser berührten.

Der Wind blies und jagte Wellen über das Wasser, dann legte sich der Wind und Stille trat ein. Perebyjnis schaffte es gerade noch, mit seiner Hand zu kontrollieren, dass sich in Alcestes Nähe kein Leck befand, als ein Donner direkt über ihren Köpfen dröhnte, Böen peitschten, Regen stürzte, als ob der Himmel, wie eine kolossale Zisterne aus blauem Eisen, in Stücke zerrissen würde, es knallte und schüttete, dann ein erneuter Riss, und erneut knallte und schüttete es.

Der stumme Dinez hinter Byschkyn war auf einmal bis zum Rand mit Geräuschen erfüllt. Der Regen hämmerte auf den Boden des Bootes, floss über das Holz, stach mit Millionen von Nadeln in den Fluss, Äste brachen, Blätter wirbelten und lärmten und ein gewaltiger Blitz zerriss die eiserne Zisterne des Himmels. Alceste kuschelte sich wie ein Kätzchen an Perebyjnis, der behaglich seine Füße noch weiter in den Regen streckte, sie saßen schweigend da, während die himmlischen Lastwagen auf Donnerschienen genau über ihren Köpfen vorüberrumpelten.

Am gegenüberliegenden Ufer blickte über einer Weide ein hellblaues, gleichsam tränendes Auge durch die Wolkenkosakenmütze und Alceste sagte mit gedämpfter Stimme:

»Dieses wilde, grässliche Unwetter ist so wie dein Volk, o Jares«, sagte sie. »Der betrunkene Bauer Schildkröt, der sein treues Pferd Wolodka grausam verprügelt; das wilde Tier von einem Baumpflanzer, der seine Frau mit seinen kleinen Kindern in die Kälte gejagt und seinem Sohn ein Bein abgehackt hat und nun in die Büsche schießt, wenn er denkt, dass dort seine Frau läuft; die Bestien, die einen Hund, den Freund eines Großvaters, totschlugen und seinen Kopf auf einen Pfahl spießten, nur weil der Hund ein paar Hühner getötet hat – sie alle sind hundertmal schlimmer und wilder als dieses Unwetter, sie sind grässliche Schlächter, diese Menschen. Ist es nicht so, Jares?«

Der Donner hatte seine gusseisernen Fässer bereits über Byschkyn hinweg in Richtung des Weilers Koropowe gerollt, irgendwo in der Ferne zuckten leise Blitze und nur der Regen ergoss sich noch sanft über den Fluss und die Ufer. Perebyjnis holte seine Sopilka hervor und spielte.

Mit einer Kinderstimme, wie ein Schulmädchen, erzählte die Sopilka, wie ein Hecht-Fisch die Wasserlinsen vom Ufer vertrieb, wie es Sommer war und Winter wurde, wie Fröstchen Frost das Wasser einschloss, wie der schöne Frühling kam und das Mädchen in einem grünen Hain mit einem schwarzen Ochsen pflügte. Als die Sopilka von all dem berichtet hatte, wischte sie Perebyjnis wie immer ab und steckte sie in seine Tasche.

»Alceste!«, sagte er. »Hast du gehört, wie zwei Italiener während einer Polarexpedition, verlassen inmitten von Eis, ihren norwegischen Kameraden töteten und aufaßen[XII], ihn roh verschlangen, weil sie kein Feuer hatten, um Suppe aus ihm zu kochen oder ihn zumindest, wie Schaschlyk, am Spieß zu braten?

Du wirst vielleicht sagen, dass dies wilde, abscheuliche Menschentiere waren, ja, ich denke, das willst du sagen. Aber das ist nicht wahr – es waren sehr gute, kultivierte Menschen, wohl erzogene und gebildete Menschen, zu feinen und zärtlichen Empfindungen fähig. Möglich, dass es Doktoren oder sogar Professoren waren.

Wie konnten sie dann so unkultiviert ihren Kameraden, den rohen Norweger, verschlingen?

Das Volk, von dem du sprichst, ist wirklich ein wunderliches Volk. Es hat wundervolle Musik geschaffen und außergewöhnliche Malerei, deren Primitivität den Pariser Künstlern als Akme der Vollkommenheit erscheint, eine beispiellose dekorative Kunst. Es hat epische Gesänge komponiert, die den Schriften Homers in nichts nachstehen. In Gestalt seiner Intelligenzija ist es ihm sogar gelungen, eine Art Literatur zu erschaffen und dazu gleich auch, wenngleich auch lausige, Literaturhistoriker.

Dieses kunstfertige Volk, das in seinem künstlerischen Geschick nicht nur an japanisches, sondern sogar an afrikanisches Können heranreicht, ebendieses Volk versteht nun aber die Schönheit überhaupt nicht. Schönheit existiert für es nicht.

In diesem schönen Fluss erkennt es nur einen Weg der Kommunikation – die Möglichkeit, sich in einem Einbaum fortzubewegen. Dazu löscht es mit räuberischen Methoden die Fische darin aus, und die Enten in den Flussbecken.

Aus dem weichen, angenehmen Rohrkolben, der dich so sanft im Nacken kitzelte, als du im Boot saßt, webt es Bastmatten und verkauft diese spottbillig in der Slobidischen Hauptstadt, verkauft sie für ein paar müde Kopeken, während du wohl bereit wärst, zehnmal so viel zu bezahlen, damit die Rohrkolben weiterhin im Röhricht ihre Schönheit zeigen könnten.

Mehr noch, in Hungerjahren grub es den Rohrkolben mit den Wurzeln aus und vernichtete ihn vollständig, zerhackte

Rohrkolbenleben nur zu dem Zweck, sich selbst satt zu futtern und die Kinder mit den Wurzeln zu ernähren. Stell dir vor, sie haben Rohrkolbenwurzeln verschlungen, diese Menschen!

Diese Berge sind für es einfach unebene Stellen, auf denen man keinen Ackerbau betreiben kann und die Flussbecken, Arme und Buchten – das ist Weideland, das leider unter Wasser steht.

Selbst die Sommerzeit, die grandiose Sonne und der klare und reine, so klare Himmel lassen es nur daran denken, dass das Getreide ein wenig Regen bräuchte, und wenn es auf die Ackerozeane von Roggen blickt, die seine erschöpften Hände geschaffen haben, schwimmt es nicht im Tagtraum auf den Wellen der Ähren, sondern berechnet, wie viel Getreide es dieses Jahr einfahren wird.

Wald! Es würde diesen Wald abholzen und verkaufen wollen. Schilf! Es würde dieses mähen und seine ärmliche, hässliche Hütte damit bedecken. Und selbst diesen Graureiher, der über dem Kiefernwald fliegt, würde es essen, wenn es ihn fangen könnte, obwohl er, dieser Reiher, fürchterlich nach Fisch stinkt.

Ich bin ein Sohn dieses Volkes, Alceste, und ich habe Rohrkolben ausgegraben und gegessen. Ich habe unter einem Dach aus Schilf geschlafen und ich habe einst einen roten Hund getötet, um mir aus seiner Haut eine Mütze für den Winter zu nähen.

Jetzt grabe ich nach Integralen in dem Buch von Professor Struve. Ich möchte lernen, wie man sich ein besseres Leben schaffen kann. Zehn Jahre sind eine kurze Zeit, Alceste, und es ist schwer, innerhalb von zehn Jahren ein Leben abzuschütteln, in das man mehr als zweihundert Jahre der Sklaverei eingespannt worden war.«

Perebyjnis kroch unter dem Boot hervor. Der Regen war vorübergezogen, die Slobidische Schweiz glitzerte in der

Sonne. In einer lockeren Bewegung drehte Perebyjnis das Boot und nahm die erschrockene Alceste im gleichen Moment auf den Arm. Ihre seidenen Strümpfe und eleganten Schuhe vor der Feuchtigkeit bewahrend, setzte er sie wie eine Porzellanfigur in das Boot. Er fand den Salo und legte ihn sorgfältig auf den Bug des Bootes. Danach stieß er das Boot leicht mit dem Knie an und es glitt zusammen mit der Porzellangöttin sanft ins Wasser. Perebyjnis brachte die Ruder in Position und wollte sich gerade setzen; in diesem Moment raschelte etwas im Gebüsch und ein Bandit stürmte mit einem Gewehr in der Hand ans Ufer. Alceste erstarrte vor Schreck und Orest Perebyjnis wandte sich sofort nach links, stürzte sich mit einem kolossalen Sprung in den Haselstrauch und verschwand aus dem Blick.

XIII

Alceste konnte nur noch sehen, dass der Bandit über und über mit Sägemehl bedeckt war, als würde er den lieben langen Tag Brennholz sägen und nicht Reisende ausrauben. Das von weißem Sägemehl bedeckte Gesicht des Banditen kam ihr für einen kurzen Moment fürchterlich und unbegreiflich bekannt vor, als hätte sie es über lange Jahre jeden Tag im Traum erblickt. Aber diese Gedanken zuckten nur kurz auf, wie Blitze, und der Bandit stürzte, ohne anzuhalten, auf das Boot zu, auf die Stelle, wo der Salo verborgen war.

»Jares!«, schrie Alceste in Todesangst. Der Bandit richtete mit der Linken drohend sein Gewehr auf sie und griff mit der anderen Hand nach dem Salo im Boot. Als er ihn sich geschnappt hatte, machte der Bandit einen Schritt auf Alceste zu, sie schloss die Augen und fiel in Ohnmacht.

Die langen Jahre der Reise mit Doktor Leonardo, seine Liebe zu ihr, die letzte Reise in die Slobidische Schweiz, der Kwass auf dem Basar, der Bauer Schildkröt, die sagenhafte Baba, der gute Baumpflanzer und seine abscheuliche Biografie zogen in ihrer Vorstellung vorüber. Wie von fern spielte eine Sopilka und plötzlich wurde alles von Perebyjnis gigantischer Gestalt verdeckt ...

Krachend knackte ein Ast und aus dem Gebüsch flog Orest Perebyjnis heran, stürmte auf den Banditen zu und brach ihm mit einem mächtigen Schlag die Nase. Der Bandit ließ das Gewehr und den Salo zurück, fasste sich mit beiden Händen an die Nase und floh ins Dickicht, wobei er alles auf seinem Weg mit weißem Sägemehl bestreute.

Perebyjnis trat an Alceste heran und küsste sie zärtlich auf ihre halb geöffneten Lippen. Ihre Lippen schlossen sich wie die Blüte eines Löwenmäulchens, dann antwortete sie mit einem langen, süßen Kuss und kam wieder zu Bewusstsein.

Sonnenstrahlen tanzten, wie zuvor; Perebyjnis lächelte sie freundlich an, als ob nichts geschehen wäre und der Tod ihr nicht aus dem dunklen Auge des Gewehrs in die Augen geblickt hätte. Sogar der Salo lag, so wie zuvor, ruhig und selbstsicher auf dem Bug des Bootes.

Nur lag jetzt im Gras ein Gewehr und in Perebyjnis Hand glänzte ein langes gezacktes Ding. Perebyjnis verstaute es im Boot, ebenso das Gewehr, stieß vom Ufer ab und griff nach den Rudern.

»Der Bandit hat für seinen Überfall nicht wenig bezahlt, Alceste«, sagte er. »Er hat seine Säge verloren und er hat sein Gewehr verloren und bekommen hat er lediglich eine gebrochene

Nase. Aber ich kann ihm seine kriminellen Absichten nicht verübeln und es tut mir ein wenig leid, dass ich so unfein mit seiner Nase umgegangen bin. Ich verstehe ihn vollkommen – schließlich hat er Salo auf dem Boot gesehen!

Ein Mensch, der immer nur dünnen Borschtsch mit Brot isst, manchmal gar ohne Brot, kann die moralischen Gesetze und das heilige Eigentumsrecht leicht vergessen, wenn er ein Stück Salo in der Größe von fünfzehn Kubikdezimetern erblickt.«

Alceste stand im Boot und blickte nach links. Auf einer Anhöhe lag der Weiler Lysiv und neben diesem begannen die Seen. Voll und still lagen sie inmitten weicher Ufer aus Schilf und das Auge ahnte, dass dieses Schilf oft gar kein Ufer verbarg, sondern nur einen weiteren, unsichtbaren, großen See. Am Rand waren die Seen reichlich mit Wasserlinsen bedeckt, aber in ihrer Mitte gab es nur weiße Wolken vor einem blauen Himmel. In Büscheln wuchsen Spitzkiele auf den Teppichen aus Wasserlinsen und diese Büschel strebten in die Höhe wie die Schwänze riesiger Hechte, deren Köpfe im Grund des tiefen Sees steckten und so erstarrt waren.

»Jares!«, sagte Alceste. »Hier beginnt die Seenschweiz. Ich habe den Vierwaldstätter See und den Genfer See in jener Schweiz gesehen, die früher die Welt mit Portiers versorgt hat und sie heute mit Toblerone versorgt.

Jene Seen sind wunderschön und weitaus größer als diese hier, das Wasser in ihnen ist klar und azurblau. Aber sie wirken versteinert und mathematisch, es fühlt sich an, als würde sich in ihnen kein Wasser, sondern H2O befinden, dessen Farbe nicht die des Himmels, sondern die von Anilin ist, so als wäre das alles von fleißigen Kubisten geschaffen worden, um amerikanische Millionäre zu epatieren.

Diese Seen sind anders. Man denkt nicht daran, wie der Dinez sie im Frühling über Täler und Schluchten befüllt, wie sie sich mit Röhricht und Seerosen bedecken, es fühlt sich einfach an, als würde das Wasser für alle Zukunft nicht von Grauochsen leer getrunken, die Wasserlinsen nicht vom Volk der Enten vertilgt werden können. Welchen Namen würdest du diesen Seen geben, Jares?«

Perebyjnis ergriff das rechte Ruder – und das Boot schoss ins Röhricht. Er stand auf, griff nach den Schilfrohren und zog das Boot ins Dickicht. Vor dem Boot erblickte Alceste eine schmale Gasse inmitten von Millionen biegsamen Säulen. Über die Decke der Kolonnade erstreckte sich der ebenso schmale Pfad des Himmels.

»Wie gemütlich und ruhig es hier ist«, seufzte Alceste schwach. »Niemand sieht uns hier, Jares. Wir sind allein.«

Aber Perebyjnis sah sie nicht an. Er schob das Boot mit einem Ruder den Pfad entlang. Es raschelte im Schilf, über ihnen für einen Wimpernschlag ein hoher Pfiff, und im Rahmen des himmlischen Pfades erschien für einen Moment, wie auf einer Kinoleinwand, eine Reihe lebendiger Kreuze. Das Pfeifen wurde lauter, stieg an und ebbte wieder ab – die Enten verschwanden aus dem Rahmen und das Pfeifen ihrer Flügel ging auf im Geräusch des Schilfs. Das Boot fuhr in einen runden und klaren See.

»Das ist der Makotertyk«, sagte Perebyjnis. »Er ist rund und tief, wie ein Makotert. Jenseits des Schilfs liegen dahinter die Seen Bile, Chreschtschate und Tscherwone, die dann in den Wald und die Waldseen übergehen.«

Er setzte sich wieder, um weiterzurudern, und blickte Alceste an. Sie hatte ihr Gesicht abgewandt und blickte zurück ins Schilf.

»Alceste!, rief Perebyjnis. »Was suchst du im erlebten, vergangenen Schilf? Vor uns liegen die fernen Seen!«

Aber Alceste antwortete nicht. Sie dachte an die Kolonnade im Schilf, wo es ruhig war und niemand sie sehen konnte. Selbst in einem vortrefflichen Hotelzimmer fühlte sie sich nicht so gelassen und sicher, wie in dieser Gasse im Schilf. In Hotels gibt es Schlüssellöcher und es gibt unsichtbare Ritzen in den Wänden. Aber dort, in jener Kolonnade, hätte niemandes Auge das Tun zweier Liebender sehen können, nur die Enten, die über ihnen vorüberflogen, hätte einen Blick auf die menschliche Liebe werfen können, und das machte die Gedanken an die Kolonnade im Schilf noch süßer und noch wehmütiger.

Alceste blickte Orest einen Moment lang in die Augen, und es schien ihm, als lägen in ihrem Blick Abscheu, Liebe, Scham, Hass und kalte Verachtung.

»Alceste«, sagte Perebyjnis verzweifelt. Aber sie wandte ihr Gesicht wieder ab.

XIV

Unter dem Boot schwammen der Bile, der Chreschtschate und der Tscherwone vorbei und blieben hinter ihnen liegen, aber weder der Chreschtschate, mit seiner Form eines byzantinischen Kreuzes, noch der leuchtende Bile und auch nicht der große Tscherwone[XIII] wuschen die zornigen Gedanken aus Alcestes Gesicht. Sie schwieg hartnäckig und wenn Orest etwas sagte, wandte sie lediglich das Gesicht ab.

Perebyjnis verstummte und begann, so schnell voranzupreschen, dass das Wasser unter dem Boot kochte und tanzte, und die Pflanzen am Ufer wie grüne Schwimmer entblößt aus dem Wasser auftauchten und dann wieder bis zum Hals versanken.

Schließlich fuhr Perebyjnis wieder auf den Dinez. Das rechte Ufer lag am Fuß eines Berges, ein frisches, saftiges Grün verdeckte die Vorabendsonne, hinter ihm stieg der Tjundyk-Wald stufenweise den dreieckigen Berg hinauf, kletterte entschlossen bis zu den Rändern der kupfernen Sonnenmünze und hielt dann überrascht an, stand auf dem Gipfel und kratzte an den Wolken. He, am Berge stand ein Wald!

Aufgehalten vom Wehr bei Hejiwka stand der Dinez still. Seine Wasser plätscherten nicht zwischen Wiesen dahin, sondern standen wie in einer riesigen Wanne, die bis zu den Rändern gefüllt ist, so als könnte sie ein Tropfen zum Überlaufen bringen und die ganze Welt überfluten. Auf der linken Seite wuchs ebenfalls ein Wald, sodass lediglich in der Achse zwischen den Ufern die Behausungen von Hejiwka mal auftauchten und mal verschwanden.

Ein letztes Mal tauchten sie auf und Perebyjnis steuerte wieder scharf auf das linke Ufer zu. Zwischen den Bäumen schlängelte sich ein schmaler schwarzer Wasserweg hindurch, der in einen winzigen schwarzen See mündete, das Boot fuhr mit Schwung auf das abschüssige Ufer auf, zischte und stand still.

Perebyjnis ließ die Ruder liegen, schnappte sich das Gewehr und sprang hinaus in den Wald.

»Sie haben Ihren Salo vergessen«, sagte Alceste kalt und förmlich. »Seien Sie so freundlich und nehmen Sie ihn mit: ich habe keine Geschenke nötig.«

Perebyjnis wandte sich um und blickte sie an. Auf seinem sonnigen Gesicht kämpfte ein Lächeln mit einer freundlichen Zurechtweisung. Er runzelte die Stirn, aber seine Stimme war freundlich und warm wie zuvor.

»Verzeihen Sie mir«, sagte er. »Um alles Lieben und Schönen

auf der Welt willen – nein, hören Sie mir zu, Alceste, ein letztes Mal – um der Worte willen – in der Kolonnade im Schilf – erlauben Sie mir, den Salo noch für eine halbe Stunde in Ihrem Boot liegen zu lassen! Sie erlauben es bestimmt, Sie können es nicht nicht erlauben!«

Er lief zu einer hohen, geraden Esche und begann, an ihrem Stamm zu sägen.

Alceste wandte sich wieder ab, pflückte ein paar Blumen und zerrieb sie zwischen den dünnen Fingern ihrer klassischen Hände. Die Säge surrte, Sägemehl legte sich wie ein Halsband um den Eschenstamm und Perebyjnis sägte und sägte. Er zog die heiße Säge heraus und roch daran. Plötzlich drückte sein Gesicht ein derart ungläubiges Staunen aus, dass Alceste nicht anders konnte, als ihn mit Fragezeichen in den Augen anzusehen.

»Die Säge riecht nach Jod«, sagte Perebyjnis. Er ließ sie liegen, stürzte zum Gewehr und begann an ihm entlangzuschnüffeln – vom Korn bis zum Kolben. Beim Schloss stoppte seine Nase.

»Das Gewehr riecht nach Rizinusöl!«, sagte er endlich und ließ das Gewehr langsam zu Boden sinken. Er schüttelte sich, als wäre er aus einem idiotischen Traum aufgewacht. »Ich verstehe das nicht«, sagte er. »Kann das sein? ...«

Aber Alceste hatte sich bereits wieder besonnen. »Es interessiert mich nicht, wonach Ihre Säge und Ihr Gewehr riechen«, sagte sie mit eisiger Stimme. »Seien Sie so freundlich, Ihre Arbeit zu beenden und Ihren Salo aus dem Boot zu holen.«

Perebyjnis schüttelte sich noch einmal und machte sich wieder an die Arbeit. Die Esche knarzte und neigte sich. »Ah!«, entfuhr es Alceste unwillkürlich. Perebyjnis lief bis zu den Knien ins Wasser und dort, wo er zuvor gestanden hatte, fiel die Esche krachend auf die Erde.

Wieder lief Perebyjnis mit der Säge zu ihr hin. Am unteren Ende schnitt er vom Stamm zwei gleiche Scheiben ab, lehnte diese Scheiben aufrecht gegen den Baumstumpf, nahm das Gewehr und zielte auf die Mitte des Kreises.

»Signora!«, sagte er. »Ich muss Ihnen die Unannehmlichkeit bereiten, mit meinem Gewehr zu schießen.«

Alceste hielt sich die Ohren zu. Perebyjnis schoss und schlug mit dem Schrot die Mitte der Scheiben aus. Er nahm erneut die Säge zur Hand und sägte eine zylindrische Stange aus. An den Enden dieser Stange brachte er die beiden Scheiben an, wie Räder auf einer Achse. Dann trat er an Alceste heran.

»Signora Alceste!«, begann Perebyjnis in feierlichem Ton. »Ich verstehe ihre Gefühle und, obwohl ich tief davon überzeugt bin, dass ich keinerlei rüpelhafte Absichten pflegte, werde ich mich nicht verteidigen. Einigen wir uns darauf, dass ich dadurch, dass ich das Boot in jener fernen Schilfkolonnade nicht anhielt, einen unverzeihlichen Fehler beging, dass ich Ihre Gefühle tödlich verletzt habe. Aber wir können jetzt nicht auseinandergehen.

Wir werden nicht daran denken, dass es für Sie überhaupt nicht leicht wäre, den Weg von hier zum Bahnhof zu finden, damit Sie sich in den Zug setzen könnten, der Sie wieder zurück in die sonnigen Täler Kampaniens brächte, vorausgesetzt, in Ihrem Pass befindet sich bereits ein italienisches Visum.

Aber bedenken Sie, dass Sie noch nicht bei den Waldseen der Slobidischen Schweiz waren.

Das menschliche Leben, Signora – das ist ein wunderliches und unbegreifliches Ding. Es kommt vor, dass ein junger ehrgeiziger Bursche, der fleißig politische Ökonomie, ukrainische Stilistik und sogar die englische Sprache studiert hat, der im Bürgerkrieg war und dem Tod nur dadurch entkommen ist, dass ein feindliches Maschinengewehr eine von vierhundertsiebenundsechzig Ladehemmungen hatte, die, wie man weiß, bei jedem Maschinengewehr auftreten und die man auf vierhundertsiebenundsechzig Arten reparieren kann und sollte, der die Mädchen feurig und zärtlich geliebt und als Erwiderung die gleiche zärtliche und feurige Liebe empfangen hat, der sich zuletzt noch daran gemacht hatte, den Roman eines französischen Akademiemitglieds in die ukrainische Sprache zu übersetzen, dass dieser Bursche diesen ganzen langen und mannigfaltigen Lebensweg nur zurückgelegt hat, um auf dem Heimweg von einer vertrauten, fröhlichen Unterhaltung unter den Rädern einer Straßenbahn zu sterben!

Aber denken wir auch daran, dass dieser Bursche ein Leben lebte, dass von niemandem vorhergesehen oder geplant wurde.

Sie hingegen, schöne Alceste, sehen Ihren Lebensweg in aller Klarheit vor sich. Ihr gesamtes musikalisch-harmonisches Leben, die langen Jahre der Reise mit dem gelehrten Doktor Leonardo, Ihre letzte Reise in die Slobidische Schweiz und das dunkle Ende dieser Reise – alles das, harmonisch und unvermeidlich, entstand in den Gedanken dessen, der Sie erschaffen hat, die schöne Alceste und den gelehrten Doktor Leonardo. Sie können nicht nicht zu den Waldseen fahren und Sie müssen mit mir zu den Waldseen fahren, mit dem Studenten Orest Perebyjnis.«

Alceste lächelte in einer Weise, dass es Perebyjnis sofort warm ums Herz wurde.

»Ich verstehe nicht einmal die Hälfte von dem, was Sie gesagt haben, weiser Signor Perebyjnis. Soweit ich sehe, sind Sie noch nicht unter den Rädern einer Straßenbahn gestorben und ich rate Ihnen, die Kreuzungen der Slobidischen Hauptstadt in Zukunft mit Vorsicht zu überqueren. Wenn Sie diese hölzernen

Räder deshalb ausgesägt haben, um unter ihnen zu sterben ... nun, dann wird Ihnen auch das nicht gelingen, weil ich über diesen Rädern keine Straßenbahn sehe. Und was Doktor Leonardo betrifft, an den ich mich nach dem ärgerlichen Vorfall in der Schilfkolonnade umso besser erinnere, so haben Sie mir selbst die vorletzte Ausgabe der Zeitung *Voce del Popolo* gezeigt, in der geschrieben stand, dass er überhaupt nicht Doktor Leonardo ist, sondern nur irgendein nichtsnutziger Spanier namens Don José Pereira.

Was soll ich also mit Ihrer Philosophie über die Harmonie und die Planung meines Lebens anfangen?

Aber Sie haben Recht, wenn Sie sagen, dass ich es allein nicht schaffen werde, zum Bahnhof zu kommen. Ich bin von Ihrem Willen abhängig. Ich hoffe, dass Sie mir helfen werden, am Abend von hier abzureisen und in allen Angelegenheiten der Wegplanung verlasse ich mich voll und ganz auf Sie. Wenn das Ihr Plan ist - bitte, nehmen wir den Weg über die Waldseen.«

Perebyjnis rollte die Achse mit den Rädern unter das Boot.

XV

Man sagt, dass die wilde Fantasie eines Künstlers die Seltsamkeit und Außergewöhnlichkeit selbst der wunderlichsten Schöpfung der Natur, der ungeheuerlichsten Tatsache der Echten Wirklichkeit übertreffen könne.

Ich gebe allerdings zu, dass ich, wie auch meine realistischen Mitbürger, diesem Glauben nie anhing. Und wer in dieser Hinsicht noch Beweise braucht, sollte sich das Boot ansehen, das auf Rädern über eine vollkommen echte Wiese fuhr, inmitten lebendiger, üppiger Espen und Eschen, gezogen an einem Ruder wie an einer Deichsel von einem ebenso lebendigen Studenten mit dem seltsamen Namen Perebyjnis (der wirklich in der Klippe zwischen den Weilern Sadonezke und Koropowe eingeritzt steht, wovon sich jeder selbst überzeugen kann), und in diesem Boot saß eine schöne weibliche Figur – die lebendige Italienerin Alceste im Sommer des Jahres Neunzehnhundertachtundzwanzig. Ich denke, dass diese absurde Tatsache, diese groteske Kombination unerwarteter, fremdartiger Elemente in einem prosaischen Wald gegenüber von Tjundyk für sich genommen schon den hartnäckigsten Skeptiker überzeugen könnte.

Das Boot rollte also über einen Waldweg. Wie ein Saporoger zog der mächtige Perebyjnis eine Schwarzmeertschajka an einem Tau, auf dem Bug ruhte eine Berdanka wie eine kriegerische Hakenbüchse, die schöne genuesische Gefangene saß nachdenklich und traurig auf dem Schiff und das Schiff zog wichtig-gewichtig über den holprigen Waldweg.

Wie eine richtige Tschajka, die in einer Wiese neben einer Landstraße nach ihren geliebten Kindern sucht, tauchte das Boot in die Pfützen, hob dann wieder den Kopf und erklomm den nächsten steilen Buckel. Die kindlichen hölzernen Räder wackelten unbeholfen in der Spur und die Achse ratterte wie eine selbstgebaute Ratsche unschuldig unter dem Boot. Es war, als ob eine kolossale Puppe allein auf Rädern als Geschenk zum Waldrieslein Wernydub fuhr, der seine nackten Füße irgendwo am Dowhe-See im Schilf ausgestreckt hatte und selig schlief. So selig schlief das Rieslein, dass es sich nicht einmal rührte, als die Puppe an dasselbe Ufer des Dowhe-Sees rollte und Perebyjnis die Räder unter dem Boot hervorzog.

Er hatte die Achse bereits beiseitegelegt, die Ruder in Position gebracht und machte sich daran, das Boot ins Wasser zu schieben, als Alceste durch die Rohrkolben jemandes nackte Füße erblickte.

»Orest! Schauen Sie!«, schrie sie. Perebyjnis schob geschwind die Pflanzen beiseite und zog einen nicht besonders großen Jungen, schmutzig und zerlumpt, an den Füßen hervor. Der Junge rieb sich die Augen und sagte:

»Lass los, Onkel, oder ich beiße!«

»Warum solltest du mich beißen, ewiger Wanderer?« sagte Perebyjnis. »Was soll dir das nutzen! Besser, du erzählst dieser schönen Dame von deiner letzten Wanderung und ich gebe dir dafür, sagen wir, drei Kubikdezimeter Salo, denn Brot hast du ja offensichtlich. Fang an, o eifriger, unermüdlicher Wanderer. Fang an, o Salz der Erde, o beißendes Ferment, das die bourgeoise Bürgerlichkeit brodeln lässt! Fang an, Junge!«

»Zeigen Sie mir erst den Salo«, entgegnete der Obdachlose höflich, aber bestimmt.

Perebyjnis schnitt ein Stück vom Salo ab und gab es dem Obdachlosen.

»Ich bin ein Sohn des guten Baumpflanzers«, sagte der Junge, »der mich mit meinem Bruder und meiner Mutter einst aus unserer Hütte verjagte. Lange zogen wir umher und suchten eine Zuflucht, aber zum Schluss konnte ich ein solch ruheloses Leben nicht mehr ertragen und floh zu den Obdachlosen.

Heute war ich in der Nähe der Hütte des guten Baumpflanzers, meines Vaters, ich wollte ein Brett stehlen oder zwei, weil ich meine Vorräte an Zigaretten wieder aufstocken muss. Aber der gute Baumpflanzer schoss mit seinem Gewehr auf mich und ich floh. Ich schlief hier am See und träumte, dass irgendwo ein hölzerner Karren einen Waldweg entlangratterte und in ihm eine Puppe aus Marzipan saß. Der Karren war sehr klein und gezogen wurde er von einem fröhlichen, grauen Esel ...«

Aus dem Boot erklang ein helles Lachen, Alcestes Lachen. Perebyjnis sah den Obdachlosen freundlich an.

»Danach bin ich aufgewacht, und ich glaube, dass Sie, Onkel, mich an den Beinen hergezerrt und mir ein Stück Salo gegeben haben. Das war meine letzte Wanderung.«

»Ich hatte gedacht, du könntest mehr erzählen, Wanderer«, sagte Perebyjnis.

»Ach, Onkel!«, seufzte der Junge traurig. »Sie können sich nicht vorstellen, wie ermüdend es ist, den ganzen Tag zu erzählen. Es ist ja mein täglich Brot – diese Geschichten, die ich für jeden improvisieren muss, der mir eine Kopeke geben kann. Dazu kommt, dass dieses Publikum eine furchtbare Vorliebe für antikünstlerische Erzählungen über Kriminalität, Raub, sexuelle Abnormitäten und Geschlechtskrankheiten hat. Ob Sie es glauben oder nicht, diese Syphilis schlägt mir wirklich auf den Magen. Deshalb habe ich euch die reine Wahrheit erzählt und meinen Traum nur ein wenig aufgehübscht. Seid bereit.«[XIV]

Der Obdachlose machte eine muntere Handbewegung, entfernte sich zehn Schritte und legte sich ins Gras.

Auf dem Waldweg trat zwischen den Bäumen der gute Baumpflanzer hervor.

»Gute Gesundheit wünsche ich«, sagte er und stützte sich auf sein Gewehr. »Sie haben auch eine Berdanka; genau wie damals an der österreichischen Front. Als ich an der Front war, saßen wir im Winter so auf einem Berg und die Österreicher hatten sich unter uns eingegraben. In nächster Nähe wimmelten die Heiden herum, vielleicht ein Hin von uns entfernt. Man gab uns reichlich

Patronen und sagte: ›Schießt einfach drauf los.‹ Nun, also haben wir drauflosgeschossen, einfach nur um zu schießen, es gab aber einen Jungen neben mir, der sagte: ›Onkel, den erschieße ich, er ist sehr nah, dort läuft er, der Hund.‹

›Schieß nicht auf ihn‹, sage ich, ›was zum Teufel machst du da? Schieß einfach irgendwohin‹.

Und dann wieder er: ›Onkel‹, sagt er, ›ich treffe ihn, den Mistkerl‹.

›Verdammt nochmal, was hast du denn mit dem?‹, sage ich. ›Was bringt dir das denn, sag mal, du dummer Mensch?‹

Er aber unbeirrt: ›Ich treffe ihn, ich treffe ihn.‹

Und er hat ihn getroffen, der Dummkopf. Wie er schrie, der Österreicher, wie ein Hase, dass einem die Ohren klingelten. Ein Sanitäter lief zu ihm hin, zog ihm alles aus, zog ihm sogar das Hemd aus – und es ist kalt, die Zähne fangen an zu klappern, wenn man es nur mit ansieht – und legte ihm einen Verband an. Und dieser Dummkopf gibt einfach nicht nach.

›Onkel‹, sagt er, ›ich treffe den Sanitäter auch!‹

›Sag das nicht mir‹, sage ich. ›Ich habe keine Lust, mit einem Dummkopf zu schwätzen. Und wenn du hier weiterhin grundlos und dumm auf Menschen schießt, dann, ich gebe dir mein Wort, werde ich dir selbst eines Tages in den Rücken schießen.‹

Erst dann gab er nach. Herrlich war das bei uns an der österreichischen Front.«

Der Baumpflanzer ließ seinen freundlichen Blick umherschweifen und sah den Obdachlosen im Gras.

»Sieh mal an, Ilko!«, sagte er. »Du hast es wohl wieder mal auf meine Bretter abgesehen. Ich habe dir aber gesagt, dass ich schieße. Naja, bleib hier ruhig liegen, solange du nicht in die Nähe meiner Hütte kommst.«

Der Baumpflanzer suchte sich einen schönen Platz, setzte sich ins Gras und drehte sich eine Zigarette.

Ein Fuhrwerk ratterte und aus dem Wald tauchte der Bauer Schildkröt auf, der sein treues Pferd Wolodko mit der Peitsche antrieb.

»Soll ich irgendjemanden zum Bahnhof bringen?«, fragte er. »Ich wollte eigentlich einen trinken gehen, aber als ich auf dem Marktplatz an diesem Mast vorbeikam, aus dem jemand plappert, da hörte ich, dass man keinen Branntwein trinken sollte, weil das die Leber ernsthaft schädigt. Deshalb bin ich hierhergekommen – besser, denke ich, ich bringe jemanden zum Bahnhof, als dass ich trinke.«

Der Bauer Schildkröt hielt das Fuhrwerk an, spannte sein treues Pferd Wolodko aus und ließ es grasen. Selbst setzte er sich ins Gras und bat den Baumpflanzer um Machorka.

»Lassen wir Wolodko fressen«, sagte er human, »und brechen dann auf. Noch ist es nicht an der Zeit zu fahren.«

»Alceste!«, sagte plötzlich Perebyjnis. »Sie haben mir nicht geglaubt, als ich von der Harmonie und Planung Ihres ganzen Lebens und Ihrer Reise in die Slobidische Schweiz gesprochen habe. Schauen Sie sich um: hier auf dem Gras sind alle versammelt, die Sie auf Ihrer Reise treffen durften: das obdachlose Rieslein, der gute Baumpflanzer, der Bauer Schildkröt, sein treues Pferd Wolodko und hier direkt vor Ihnen ich, der Student Orest Perebyjnis, den Sie vor nicht allzu langer Zeit noch Ihren Retter genannt haben.«

Perebyjnis verstummte und durch das Gebüsch lief ein Rascheln, als ob irgendwo hinter ihnen die sagenhafte Baba lauerte, dieses seltsame Geschöpf unserer Vorstellung, die möglicherweise erste Frau des guten Baumpflanzers. Für einen Moment schien es, als würde der Wind den Geruch von gebratenen Rüben und Hanföl herantragen und auf dem stillen Wasser des Sees lag, wie ein Punkt auf dem Rock der Baba, eine runde Seerose. Schon sprang der Baumpflanzer auf und hastete zu seiner Berdanka, als das Rascheln wieder verschwand und der Wind das Aroma gebratener Rüben verwehte. Alceste erhob sich im Boot, stolz und zornig, wie eine erechtheische Göttin.

»Worin besteht der Wert Ihrer armseligen Philosophie?«, fragte sie in einem gemessenen Ton tödlicher Verachtung. »Sie sagen, dass sich hier auf dem Gras alle versammelt haben, die ich auf dieser letzten, auf dieser unglücklichen Reise getroffen habe. Kurz ist Ihr Gedächtnis, Signor Student Perebyjnis und ich fürchte, dass Sie die Integrale nicht überwinden und sich kein neues, glückliches Leben aufbauen werden können.

Wo ist denn Doktor Leonardo? Sie haben Ihn vergessen!

Ach, ich bin sogar bereit, ihm zu verzeihen, dass er nicht Doktor Leonardo Pazzi ist, sondern irgendein unbekannter Spanier namens Don José Pereira. Die Liebe kennt keine Nationen, für die Liebe gibt es weder Italiener noch Spanier.

Leonardo, wo bist du? Leonardo, ich liebe dich und nur dich! Leonardo, mein Geliebter, wo bist du?«

Alceste sank über dem Boot zusammen und weinte. Niemand sagte ein Wort, alle saßen still und regungslos da. Selbst das Pferd Wolodko hörte auf, Gras auszurupfen, hob den Kopf und schien zu lauschen.

»Bauer Schildkröt«, sagte Alceste und unterdrückte ihr Schluchzen, »spannen Sie Ihr treues Pferd Wolodko an und bringen Sie mich zum Bahnhof.«

Schildkröt erhob sich leise und ging zu seinem Pferd. Wieder fuhr ein Rascheln durch das Gebüsch, das Pferd wieherte erschrocken und scheute, eine Lücke tat sich im Gebüsch auf und heraus trat Doktor Leonardo.

XVI

Er war über und über mit Sägemehl bedeckt, ging langsam und verhüllte sein Gesicht mit der neuesten Ausgabe der italienischen Zeitung *Voce del Popolo*.

Langsam, ohne ein Wort zu sagen, trat er an Alceste heran und gab sein Gesicht frei.

»Alceste«, sagte er mit schwacher, ferner Stimme, »du hast mich gerufen und ich bin gekommen.«

Alceste schaute ihn an wie vom Blitz getroffen. Ja, er war es, ausgezehrt, müde, bleich wie ein Gespenst, von Sägemehl bedeckt, mit gebrochener Nase, aber es war Doktor Leonardo; lebendig und geliebt stand er vor ihr.

Als wäre sie aus einem tiefen Schlaf erwacht, stürzte sich Alceste auf Leonardo. Schweigend küsste sie sein staubbedecktes, sonnenverbranntes Gesicht, seine verwundete Nase, klopfte mit ihren zarten Händen das Sägemehl vom geliebten, struppigen Kopf, küsste seine Hände, weinte, lachte und begann von neuem, ihn zu küssen. Schließlich ließ sie, als wäre sie zu Tode ermüdet, ihren Kopf auf seine Brust sinken und wurde still.

»Als wir uns trennten, Geliebte«, begann Leonardo, »habe ich zufällig in dieser Zeitung gelesen, dass in deren vorletzter Ausgabe irgendein rücksichtsloser Schuft meinen ehrbaren, unbefleckten Namen in den Schmutz gezogen hat, indem er schrieb, ich sei nicht Doktor Leonardo, sondern irgendein Spanier namens Don José Pereira.

Die Redaktion der Zeitung *Voce del Popolo* zögerte allerdings nicht, ihren Fehler zu korrigieren. Er war in der vorletzten Ausgabe, hier ist die letzte.

›Die Redaktion berichtigt hiermit einen bedauerlichen Fehler, der sich durch das Verschulden des Korrektors in der vorletzten Ausgabe der Zeitung eingeschlichen hat. Es konnte nun endgültig geklärt werden, dass Doktor Leonardo Pazzi tatsächlich Doktor Leonardo Pazzi ist und niemand anders. Was Don José Pereira, den gebürtigen Spanier angeht, so ist es gelungen, gesicherte Information darüber zu erlangen, dass er wirklich Don José Pereira, ein Spanier, ist und auf keinen Fall unser hochgeschätzter Gelehrter, Doktor Leonardo Pazzi, der sich gerade auf einer wissenschaftlichen Weltreise befindet und im Moment bekanntlich die Slobidische Schweiz bereist.‹«

»Leonardo!«, schrie Alceste. »Leonardo! Kannst du mir verzeihen?«

»Ich habe dich gesucht, o Alceste«, sagte Doktor Leonardo nur. »Als ich ahnte, dass dir irgendwie die vorletzte Nummer der Zeitung *Voce del Popolo* mit den verleumderischen Zeilen über mich in die Hände gefallen ist, verlor ich das Bewusstsein.

Diese Ausgabe, die ich selbst noch nicht gelesen hatte, ist mir offenbar während unserer Reise aus der Tasche gefallen und du hast sie gefunden ...«

»Ich habe diese Ausgabe gefunden«, sagte aufrichtig und kühn Perebyjnis. »Aber Sie müssen verstehen, ich hatte die letzte Ausgabe nicht zur Hand und wollte ehrlich und aufrichtig Alceste warnen. Meine Schuld besteht lediglich darin, dass ich zu viel Vertrauen in eine bourgeoise Zeitung gesetzt habe.«

Perebyjnis kletterte ins Boot, um die Zeitung zu holen. Stücke davon lagen verstreut auf dem Boden, aber die Zeitung selbst war nicht da.

»Suchen Sie nicht, Orest!«, sagte Doktor Leonardo sanft. »Ich habe gesehen, wie der Obdachlose den Salo zusammen mit der Zeitung gestohlen hat. Wir brauchen sie jetzt nicht.

Als ich sah, dass ich Alceste verloren hatte, beschloss ich, nicht in meine Heimat zurückzukehren.

In den langen Jahren meiner Reise, meine Liebe, meine Geliebte, habe ich nur dich gesucht. Nur für dich war mein ganzes Leben und alle meine Reisen und nur für dich war diese, meine letzte Reise in die Slobidische Schweiz.

Als ich sah, dass ich dich verloren hatte, beschloss ich, mich hier niederzulassen, an dem Ort, an dem ich dich zum letzten Mal gesehen hatte, Alceste. Ich wollte inmitten dieses armen, großartigen, künstlerischen, wilden Volkes am Ufer des stillen Dinez leben, den Frauen helfen zu gebären, den Männern zu arbeiten und den Kindern gesund und glücklich aufzuwachsen. Ich bin Arzt – für mich wird sich auf dieser grünen Erde immer ein Platz finden.

Ich besorgte mir ein Gewehr und eine Säge und begann, Holz zu sägen, um mir ein Chalet am Ufer des Dinez zu bauen. Ich arbeitete, als euer Boot an dem Ort anlegte, an dem ich zugange war, und sah euch durch die Blätter des Haselstrauchs.

Ich gebe zu, o Alceste, dass in mir wilde, böse Instinkte erwacht sind. Mein Herz war randvoll von Hass gegen diesen gesunden, schönen Jungen. Ich wartete, bis er das Boot ins Wasser schob und sprang aus dem Dickicht, um ihm den Salo zu stehlen.

Der Hunger quälte mich, aber das war nicht, was mir am meisten zusetzte. Zur Verzweiflung brachte mich, dass du, die ich so heiß liebte, dein Gesicht mit den Händen bedecktest, als du mich sahst.

Mein Entschluss, den Salo zu stehlen, wurde unbezwingbar und unerschütterlich und ich nahm ihn ...«

»Aber Leonardo«, sagte Alceste leise. »Mit der anderen Hand hast du dein Gewehr auf mich gerichtet.«

»Meine Liebe, mein Kostbarstes, meine dunkeläugige Seele«, sagte Leonardo. »Mit einem Gewehr kann man mit einer Hand nicht zielen. Ich hielt es einfach in meiner linken Hand und du dachtest, als du das schwarze Loch des Laufes sahst, dass ich dich umbringen will. Wie gesagt nahm ich den Salo und in diesem Moment erschien Orest, um dich zu retten und er tat es wie ein Held und Ritter ...

Als ich wieder zur Besinnung kam, sah ich, dass während meines Überfalls auf das Boot die Flaschen mit Jod und Rizinusöl, die sich in meiner Tasche befanden, zerbrochen waren und die Medizin ausgelaufen war.

Ich kratzte die Reste von Jod und Rizinusöl zusammen und leistete mir Erste Hilfe. Die Medizin reichte, um die gefährlichen Prozesse in meiner verletzten Nase zu unterbinden. Danach begann ich, mir Gedanken zu machen und kam zu dem Schluss, dass der Geruch von Jod und Rizinusöl euch zu der Annahme geführt haben musste, dass der, den ihr für einen Banditen hieltet, in Wirklichkeit der unglückliche Doktor Leonardo war ...«

»Das hatte ich mir gedacht«, sagte Perebyjnis leise. »Aber Alceste war nicht gut auf mich zu sprechen und wollte keines meiner Worte glauben. Ich schwieg von Jod und Rizinusöl.«

»Ich ging los, um euch zu suchen«, sprach Doktor Leonardo weiter, »um darum zu bitten, dass ich meine Säge und mein

Gewehr wiederbekäme – alles, was mir auf dieser Welt geblieben war, nachdem ich Alceste verloren hatte.

Aber als ich hörte, wie du mich riefst, o Alceste, wie du gar bereit warst, das zu vergessen, was fälschlicherweise in der Zeitung stand, da begriff ich, dass ich der glücklichste der Menschen bin, dass du wieder mein bist und diesmal für immer, für immer, Alceste ...«

Er verstummte und Alceste drückte sich noch fester an ihn. Der gute Baumpflanzer, Bauer Schildkröt und der Student Orest Perebyjnis nahmen leise ihre Hüte ab und neigten ihre Köpfe. Das obdachlose Rieslein hob ebenfalls eine Hand an den Kopf und als er sich daran erinnerte, dass er keinen Hut trug, nahm er eine Laus vom Kopf.

XVII

»Fahren wir zum Bahnhof«, sagte Bauer Schildkröt. »Setzt euch!« ...

DRITTES BUCH

I

Es fuhr jedoch niemand zum Bahnhof. Es stimmt, der Zug fuhr bald. Es stimmt, der Bauer Schildkröt hatte sein treues Pferd Wolodko bereits zwischen die Schere geführt und es in den Kumt schlüpfen lassen. Es stimmt auch, dass der Student Perebyjnis am nächsten Tag eine Vorlesung über Differenziale hören musste. Es stimmt auch, dass Doktor Leonardo und die schöne Alceste der Aufenthalt in der Slobidischen Schweiz bereits ermüdete und sie sich danach sehnten, andere Orte und Städte zu sehen. Es stimmt auch, dass sie den guten Baumpflanzer schon für die Unterkunft und karge Verpflegung bezahlt hatten, und der gute Baumpflanzer hatte das Geld in sein kolossal breites Portemonnaie gesteckt, dieses Portemonnaie mit seinen abgegriffenen Kupferknubbeln verschlossen und außergewöhnliche Pläne geschmiedet, wie er aus diesen sechs Karbowanez ein Vermögen machen könnte, zum Beispiel so: ein einen Tag altes Ferkel davon kaufen, es aufziehen, damit es einem zwölf weitere Ferkel brächte, und von diesen wiederum jedes zwölf, womit man insgesamt auf hundertvierundvierzig Stück käme, zusammen mit dem ersten Ferkel auf 145 Schweine. Nicht schlecht; für zehn Ferkel würde man dann noch eine Kuh bekommen, für weitere zehn ein Pferd, damit man das Wasser nicht selbst vom Dinez bis zum Bergchalet tragen müsste, dazu ein Pfund Tabak, damit er immer seinen eigenen hätte – hier aber stoppte der Baumpflanzer den Strom seiner Planungsarbeit, schließlich war es klar, dass der Neid der Nachbarn auf einen solchen Luxus ihn ins Verderben führen würde – also entsagte der gute Baumpflanzer bewusst dem

Luxus und Profit, den er bereits deutlich in seinen Händen sah und beschloss: das Geld zu vertrinken!

Es stimmt auch, dass das obdachlose Rieslein bereits einen Platz für sich ausgemacht hatte, wo es, auf der hinteren Federung, sitzen würde, sobald der Bauer Schildkröt seine ganze Aufmerksamkeit seinem treuen Pferd Wolodko zugewandt hätte, da nämlich das obdachlose Rieslein beschlossen hatte, über Rostow mit dem Schwarzmeerexpress in einen Kurort zu fahren. Es stimmt auch, dass die Sonne schon durch das Unterholz schlich und in diesem Underwood[1] nach Pilzen suchte,[XV] durch das wuchernde Gebüsch preschte, ohne einen Zweig zu brechen, ohne dass ein Blatt raschelte, wie eine wilde, vorsichtige, räuberische, wachsame orangefarbene Zimbel.

All das stimmte und die Sonne schlich wirklich leise durch das Gebüsch. Es war Zeit, zu fahren, aber plötzlich knackte es im Gebüsch und es erschienen zwei kleine glänzende Metallringe darin, beide mit einem Durchmesser von 17,2 mm, es war eine Sauer und hinter der Sauer kam eine schwarze Gestalt mit einem spanischen Sombrero heraus - ein schwarzer Strohhut saß auf den Brauen der Gestalt und die schwarzen Brauen liefen über der Nase zusammen. Hinter der Gestalt kam der rote Setter Rodolfo aus dem Gebüsch, durch spanische Flüche an die Beine seines Herrchens gefesselt: »Bei Fuß, Jerez Madeira, Estevano de la Madre, bei Fuß!«

---

1 ›Underwood‹, Genossinnen Maschinenschreiberinnen, bedeutet ›Unterholz‹, möge das Licht der Wahrheit eure lockigen Köpfe erleuchten.

II

»Halt!«, sagte die Gestalt mit dem Sombrero drohend. Die Gruppe, die sich bereitmachte, abzufahren, erstarrte in schreckerfüllter Erwartung des Todes. Doktor Leonardo machte eine Bewegung nach vorn, aber die schöne Alceste hielt ihn am Ärmel zurück. Der Student Perebyjnis zuckte mit den Achseln. Der gute Baumpflanzer wollte etwas sagen, aber besann sich noch rechtzeitig und leckte mit der Zunge über seine unrasierte Oberlippe. Bauer Schildkröt stand stocksteif mit dem Kumt in den Händen. Das obdachlose Rieslein kroch ins Gebüsch. Nur das treue Pferd Wolodko schnaubte frech, stieß seinen Kopf dem Bauer Schildkröt in den Bauch, trat aus der Schere und begann wieder, am Gras zu knabbern.

»Ich werde euch sagen«, fuhr die Gestalt mit einer Stimme fort, die einem das Blut in den Adern gefrieren ließ, »weshalb ich euch aufgehalten habe. Aber erst werde ich frühstücken. Ich bin Don José Pereira!«

Ein Schrecken durchfuhr alle Gesichter. Niemand bewegte auch nur einen Finger – aus der Zeitung *Voce del Popolo* war bekannt, dass Don José Pereira in der Steppe von Cherson getötet worden war.

Unterdessen begann der tote Gast, sich sein Frühstück zuzubereiten. Wie zu seinen Lebzeiten mochte er am liebsten das spanische Nationalgericht Olla podrida, dessen wichtigste Zutat spanischer Pfeffer war.

Aus seinem Segeltuchrucksack schüttete er einen halben Eimer Pfefferschoten heraus. Nachdem er den grünen Pfeffer zerhackt hatte, schüttete er ihn in einen Topf, würzte ihn mit schwarzem Pfeffer aus seiner Reisepfeffermühle, nahm die Zeitschrift

Tscherwonyj Perez zur Hand und begann zu essen und dabei laut aus dem Feuilleton vorzulesen.

»Da sieh mal einer an, einer von uns!«, sagte der gute Baumpflanzer in entschiedenem Ton. »Vom Essen versteht er was. Nur hat er dazu kein Gläschen getrunken. Vielleicht hatte er schon ein Gläschen getrunken als er ankam?«

Aber Don José Pereira antwortete nicht, runzelte nur düster die Brauen und aß drohend seinen Pfeffer weiter. Als er bis in die Tiefe seiner Seele gepfeffert war, bis in die Fußspitzen hinein, und sein Hirn randvoll gesogen war mit dem Pfeffer des Feuilletons, erhob er sich, richtete erneut die Chokes seiner Sauer auf die hilflose Gruppe und sagte mit Pfeffer in der Stimme: »Ich habe euch nicht aufgehalten, weil die schöne Alceste, die ich über alles liebe, über alles, abgesehen von der Jagd und der Revolution, mich hasst. Ich habe euch nicht aufgehalten, weil der gelehrte Doktor Leonardo absichtlich seine Sauer in Kommission in einem Geschäft in Barcelona ausstellen ließ, nur damit diese Sauer meine Aufmerksamkeit von den unvergleichlichen Formen Alcestes ablenkte, in der völlig richtigen Annahme, dass die glänzenden Läufe mir ihren Busen ersetzten, dass der Griff ihres Schaftes in meiner Hand liegen würde wie ihre, ach!, delikate Hand, dass der Backen dieses Schaftes, an dem mein Gesicht ruhen würde, sich für mich anfühlte, als läge ich im Ehebett mit der schönen Alceste.

Ich habe euch allerdings auch nicht deshalb aufgehalten, weil ich, erschlagen vom Kurkulen Schtschowb, jetzt tot bin und alles Lebendige töten will.

Ich wurde nicht in der Steppe von Cherson getötet, wie euch die Zeitung *Voce del Popolo* wieder einmal haltlos und fälschlich berichtete. Das ist der einzige Zweck von bourgeoisen Zeitungen, das Verbreiten von Lügen. Der Kurkul Schtschowb traf des Nachts, als er es auf meinen Kopf abgesehen hatte, nur einen Kürbis und spaltete diesen mit seiner Axt. Ein Stock, den irgendein Großvater im Kürbisfeld liegen gelassen hatte, erschien ihm wie mein Gewehr und die Kürbispflanze selbst hielt er bei Nacht für meinen schwarzen Schnauzer und Ziegenbart.

Ich aber bin geflohen und machte mich auf nach Spanien. Leider war Alfonso bereits ohne mich gestürzt worden. Sehr wohl schaffte ich es aber, in einem Tumult zwei Generäle mit einem Doppelschuss zu treffen, von denen einer starb und der andere verwundet durch das Weidengeflecht des Bahnhofs aufs Trockene floh. Den getöteten konnte ich mir anschauen – es war wieder, oh Fluch des Schicksals!, ein pensionierter und harmloser General.

Das ist das Los eines unorganisierten, anarchistischen Revolutionärs. Am gleichen Bahnhof stieg der General Sanjurjo, der erst kürzlich mit einem monarchistischen Putsch gescheitert war, in den Zug. Seinen Versuch hatte die spanische kommunistische Partei vereitelt. Jerez Madeira! Ich ändere meine Grundüberzeugungen. Es gibt keine Revolutionäre außer den Kommunisten. Wir Anarchisten und Tyrannentöter sind nichtsnutzige Stümper gegen sie.

Das heißt, wie gesagt, ich bin lebendig und kann immer noch schießen!«

III

Wieder erstarrten alle in schicksalsergebener Erwartung. Dieser Wirrkopf war in der Lage, in einer Reisegruppe wilde Enten oder auch Restauratoren der spanischen Monarchie zu sehen und so wie sein Körper und seine Seele mit Pfeffer vollgestopft waren, war er auch in der Lage, sie mit einem guten Schuss Schrot zu pfeffern. Daher hielt es der gute Baumpflanzer nicht länger aus und wurde eine Bemerkung los.

»Würmer«, sagte er, »sind für den Menschen so notwendig wie ein Stein für eine Mühle. Sie, die Würmer, zermahlen das Essen. Nun sagen aber die Doktoren, dass davon Schaden für den Menschen entsteht. Eine Lüge, sage ich euch. Vom Doktor kommt der Schaden. Also möchte ich von euch wissen, was schlimmer ist, ein Wolf oder ein Doktor?«

»Ein Doktor« sagte der gelehrte Doktor Leonardo, froh über den Themenwechsel.

»Genau!«, sagte der gute Baumpflanzer. »Und warum? Können Sie mir, da Sie ja ein gelehrter Mensch sind, noch sagen, warum ein Doktor schlimmer ist als ein Wolf? Wissen Sie es nicht?«

»Ich weiß es nicht«, gab Doktor Leonardo zu. »Es sei denn, ein Unterschied im reflexologisch-physiologischen Habitus von Wolf und Doktor ist dafür verantwortlich.«

»Das ist es nicht. Es ist ganz einfach so: ein Wolf tötet dich und fertig, aber ein Doktor tötet dich und nimmt dafür noch Geld. Und ...«

»Entschuldigen Sie, guter Peon«, sagte Don José Pereira. »Stecken Sie Ihren Wurm wohin sie wollen und hören Sie zu, ich bin nämlich noch nicht fertig.

Ich habe euch also nicht aus persönlicher Feindschaft gegenüber Doktor Leonardo aufgehalten, auch wenn ich diese empfinde (wobei Don José Pereira in Richtung des Doktor Leonardo eine vielsagende Geste mit seiner Sauer machte und dieser lediglich mit den Schultern zuckte) und auch nicht deshalb, weil ich in der Steppe von Cherson getötet wurde, sondern aus einem vollkommen anderen Grund.

Ihr könnt nicht zum Bahnhof fahren. Der gleiche mächtige Herr über mein und euer Schicksal, der mich, den Tyrannentöter, dazu zwang, in der Steppe von Cherson unter dem Gelächter der gesamten Leserschaft vor Kurkulen davonzulaufen, derselbe, der Doktor Leonardo und der schönen Alceste so lange nicht gestattete, sich zu vereinen, dass einigen Lesern schon der Speichel von den Lippen hing, derselbe Schöpfer kann euch nicht zum Bahnhof fahren lassen. Lektoren und Kritiker hätten diesen Schöpfer bei lebendigem Leibe gefressen, wenn er den proletarischen Studenten Perebyjnis dazu gezwungen hätte, Schildkröt drei Karbowanez für die Fahrt mit dem Wagen zu zahlen.

Deshalb wird der Student Perebyjnis zu Fuß zum Bahnhof gehen und dabei all das erleben, was er planmäßig erleben muss. Doktor Leonardo und die schöne Alceste werden sich endlich in der Hütte des guten Baumpflanzers vereinen (bei diesen Worten bedeckte die schöne Alceste ihr Gesicht schüchtern mit ihren unvergleichlichen Händen), um die gesunden, lebensstrotzenden Leser dieser, ihrer Geschichte zu versöhnen. Das obdachlose Rieslein wird nicht nach Rostow, sondern mit dem Schnellzug nach Moskau fahren.

Und Bauer Schildkröt wird sich heute betrinken und morgen, schläfrig und angeheitert, einen ganzen Strauß echten, völlig neuen Lebens hierher in die Slobidische Schweiz bringen – welcher Art, bin ich im Moment nicht befugt zu verraten.

Und nun sage ich Lebewohl, jenen, die ich liebte und jenen, die ich hasste. Mein Platz ist jetzt in Spanien und selbst mein Schöpfer, Herr über meine Geschicke und mein Glück, wird es nicht wagen, mich hier zurückzuhalten. Lebewohl.«

Don José Pereira seufzte schwer und fiel, so wie er stand, in den Tartaros.

IV

Wie vom Donner gerührt standen die Helden dieser Erzählung da. Als erster besann sich der gelehrte Doktor Leonardo, der blitzschnell die Fläschchen mit Jod und Rizinusöl hervorsuchte und seinem Feind zu Hilfe eilte. Es war jedoch schon zu spät. Don José Pereira war zusammen mit dem roten Setter Rodolfo, mit seiner Sauer und der Zeitschrift *Tscherwonyj Perez* spurlos im Tartaros verschwunden. Übrig blieben nur die Spuren des Pfeffers, von denen alle einmal niesen mussten und es war, als hörte man irgendwo ganz tief unten ein schwaches Echo von Schritten und Rufen: »Bei Fuß, Jerez Madeira, Estevano de la Madre, bei Fuß!« Aber auch dieses Echo erstarb bald in den schwarzen Tiefen des Tartaros.

V

Währenddessen hatten auf der lebendigen Erde außergewöhnliche, tiefgreifende, große Veränderungen von unschätzbarem Gewicht begonnen. Im feuchten, hohen Gras am Rande des Stockentensees ertönte ein spitzes, dissonantes Schnarren, während ganz in der Nähe, drei Büsche weiter, Leute herumwuselten, die Don José Pereira suchten. Ein einsamer Schnarrer antwortete als erster auf die außergewöhnlichen Veränderungen – ein Wachtelkönig. Er schnarrte lange und schrecklich, sein gelbes Auge entdeckte unten im Gras einen dunkelblauen Mistkäfer, der dem Duft der frischen Haufen aus Pferdemist folgte, die das treue Pferd Wolodko der Waldnatur geschenkt hatte, und dieser Käfer spürte ebenfalls die Veränderungen in der Natur. Er seufzte tief, sammelte frischere Luft in seinen kräftigen Tracheen, seufzte noch einmal und noch einmal und erkannte, dass die Zeit gebot, nicht zu laufen sondern zu fliegen, hin zu dem süßen Duft der Pferdeäpfel. Bsss, flog der dunkelblaue Mistkäfer davon, stieß aber gegen eine riesige Espe und stürzte beleidigt neben ihr ab. Der Wachtelkönig erhob sich auf seinen langen gelben Beinen, unterbrach seine melancholische Kakofonade und fraß den Käfer, seinen dunkelblauen Panzer wie eine Nuss zerknackend – nun verspürte der Wachtelkönig den Drang zu trinken, aber irgendetwas passierte in der Natur und er setzte sein Schnarren im Gras am Stockentensee fort.

VI

Auch im Stockentensee war irgendein Anfang im Begriff zu entstehen. Alles war ruhig mit Seggen bewachsen, die Seggen wuchsen in Büscheln wie Garben. Ruhig lebten, ewig zwischen den Büscheln umherschwimmend, reichlich grüne Wasserlinsen. Silberweidensträucher hingen über den überfluteten Ufern und bedeckten den kleinen See zur Hälfte – er war wie ein halbgeschlossenes Wasserauge mit dicken grünen Wimpern. Aber das Auge schaute dennoch aus der wässrigen Klarheit in der Mitte, in dem kleinen Becken spiegelte sich der Himmel und es gab auch eine Iris aus riesigen Iris, Sichelmöhren und Rohrkolben.

Die Stockenten schliefen nicht allzu weit entfernt von diesem Becken, die Köpfe unter ihre Flügel gesteckt. Die zarteste sonnige Brise trieb langsam, langsam, wie den Zeiger einer Uhr, die schläfrigen, bunten Körper aus der Mitte der Büschel ins Freie und die Stockenten wehrten sich im Schlaf instinktiv mit ihren

Füßen schwach gegen die Strömung und schwammen wieder, ohne aufzuwachen, zwischen die Seggen.

Als erstes erwachte ein alter Erpel, er war in der Mauser, Läuse machten ihm zu schaffen. Der alte Kämpfer streckte seinen Kopf auf dem sehnigen Hals, wo sich bereits der weiße Winterring abzeichnete, und atmete die Luft ein. Er erkannte, dass er nicht von den Läusen aufgewacht war. In der Natur, in der Luft gingen irgendwelche außergewöhnlichen Veränderungen vor sich und er konnte nicht länger schlafen. Er schlug mit seinen Flügeln und zischte. Und da, nicht weit entfernt von ihm, quakte eine junge Henne, seine letzte Liebe und treue Schülerin seiner ewigen Weisheit.

VII

Im Gebüsch, wo die Leute herumwuselten, war das letzte Echo der Schritte Pereiras im Tartaros bereits erstorben und der Wachtelkönig fraß den letzten Rest des dunkelblauen Käfers; es war Stille, dann hörte die schöne Alceste die Stimme der Ente.

»Hört! Hört!«, rief sie laut und klar. »Was ist das für ein Geräusch? Kann das vielleicht der unglückliche Spanier sein, der vor Anstrengung stöhnt, während er sich durch die Erde gräbt, aus dem dunklen, fürchterlichen Tartaros hin zum klaren Licht des Abends?«

»Das ist ein Frosch«, erklärte der gute Baumpflanzer. »Frösche werden aus der Erde geboren, so wie Hafer oder Weizen nach dem Regen, obwohl sie von niemandem gesät wurden. Frösche stöhnen vor dem Regen, weil sie wissen, dass im Regen neue Frösche geboren und sie lustige Gesellschaft haben werden.«

»Nein, das ist kein Frosch«, brachte der Student Perebyjnis mühsam mit einem heiseren Flüstern hervor. »Ich weiß, was das ist. Geben Sie mir Ihr Gewehr. Eins, zwei, drei, vier, sieben, elf, ...«, zählte er die kupfernen Patronen ab und nahm Leonardo die Berdanka ab, die dieser nicht mehr brauchte.

Noch hatten die Veränderungen, die außergewöhnlichen Veränderungen in der Natur, das Bewusstsein des plumpen menschlichen Organismus nicht erreicht und der Student Perebyjnis konnte sie nicht spüren. Aber ein kurzer Laut vom Stockentensee durchbohrte seine Ohren wie die Posaune eines Erzengels. Aus seinem Stiefel zog er ein finnisches Messer und stürzte ins Gebüsch. »Haltet ihn auf, was hat er nur vor!« schrie wie eine Möwe die schöne Alceste, hatte die Liebe zu ihr doch schon viele junge Schicksale ruiniert. Aber Doktor Leonardo hielt sie zärtlich an ihren einzigartigen Schultern fest, die dem Auge leicht erschienen, aber wie von der Sonne verwöhnte Weintrauben schwer in seinen Händen lagen.

VIII

Aus dem Gebüsch hörte man ein Kling, ein Knack, ein Ratsch, ein Klatsch. Es war der Student Orest Perebyjnis, der Äste für einen Hinterhalt zerschnitt – er hatte begriffen, dass eine Stockente gerufen hatte und machte sich bereit für den Moment, in dem die Stockenten auf die Kornfelder fliegen würden. Er vergaß alles, mit gierigem Auge suchte er die üppigsten, ansehnlichsten Zweige aus, schnitt sie ab und warf sie auf einen Haufen, bis bald nur noch sein Kopf aus der Mitte des grünen Freudenfeuers herausschaute, als hätte er die Absicht, sich wie ein

Indianer über einem langsamen Feuer feuchter Blätter selbst zu verbrennen.

»Lassen wir ihn!«, sagte Doktor Leonardo sanft, »er ist noch nicht reif für die Liebe. Du erinnerst dich an jene Gasse im Schilf, wo er dich ganz vergaß. Hast du es vergessen, hast du vergessen, was dort am Himmel war? Am Himmel flog ein Schoof Enten und Orest vergaß Alceste. Lassen wir ihn und hindern ihn nicht daran, im Gebüsch am Rande des Stockentensees außer Rand und Band zu geraten. Gehen wir, teure Alceste. Gehen wir, guter Baumpflanzer!«

IX

Weder Doktor Leonardo, noch die schöne Alceste, noch der gute Baumpflanzer spürten die geheimnisvollen Veränderungen, die sich ihren Weg durch die Natur bahnten. Sie machten sich wieder auf den heißen Weg zum Chalet des guten Baumpflanzers und auf der gleichen Lichtung, wo sich einst die Liebenden verloren hatten, mussten sie nun eine Pause einlegen. Die untere Hälfte der Lichtung lag noch im Sonnenlicht, aber die obere war schon in feuchten Schatten getaucht. Dort suchte sich die schöne Alceste einen Baumstumpf, auf den sie sich setzen konnte, aber noch bevor sie den Baumstumpf erreicht hatte, sah sie etwas Außergewöhnliches am Fuß der Berge.

Die Hälfte der Brücke über den Dinez war noch da, aber eine Hälfte war nicht mehr da – an ihrer Stelle schwebte dort eine weiße Wolke, die schon die Silberweiden am Wegesrand verschlungen und die Hälfte des Wassers des großen Dinez ausgetrunken hatte.

»Das ist der Abendnebel!«, sagte Doktor Leonardo und als er in die feuchte Dunkelheit trat, erfasste auch ihn die große Veränderung in der Natur.

Seine Brust hob sich anders und senkte sich anders – tiefer und süßer als zuvor. Es war der Beginn des Abends und die Sonne war bereit, unter den Horizont zu sinken. Sein Herz schlug plötzlich schneller, seine Knie zitterten und er ließ schüchtern die warme Hand der schönen Alceste los.

Der gute Baumpflanzer beugte sich nach unten, wie eine knorrige Weide über einen Teich, und riss eine Pflanze ab.

»Dieses Kraut«, sagte er, »hilft auch bei Krankheit.« Und er fügte es dem Haufen von Blättern und Kräutern hinzu, die bereits in seiner Mütze lagen. »Wenn wir nach Hause kommen, werde ich euch behandeln. Dieses Blättchen ist gegen den Schanker, dieses Blümchen ist gegen Flüche und dieses Kraut ist gegen die Gelehrsamkeit, gegen den bösen Blick also.«

»Wie sieht die Behandlung damit aus?« fragte Doktor Leonardo mit lebloser Stimme. »Ich bin ja auch in gewisser Weise Arzt.« Und er sank, dort wo er stand, ins Gras.

»Tja, wie ...«, sagte der gute Baumpflanzer nachdenklich. »Ich werde das alles zerstoßen, dann einen Aufguss mit Horilka machen und ihr trinkt das. Hilft das eine nicht, tut es das andere. In dem Aufguss werden dreiunddreißig Kräuter sein. Also wird, denke ich, wohl irgendeines davon die Krankheit verjagen, sei es das eine oder das andere.«

Aber Doktor Leonardo Pazzi hörte ihm nicht zu. Er dachte über das Schicksal des Menschen nach. Er haderte wieder einmal mit der Verworrenheit der menschlichen Natur.

Der Mensch ist ein tagaktives Tier, ein baumbewohnendes, tagaktives Tier. Nachts versteckt sich der Mensch vor der Kälte und seinen Feinden. Nachts schläft der Mensch, müde und verängstigt.

Aus welchem Grund musste das, was zwischen ihm und der schönen Alceste nun geschehen sollte, nach langen Jahren der Reise, nach langen Nächten aus Proben und Prüfungen, nach langen Tagen des Entliebens, aus welchem Grund musste es sich des Nachts zwischen ihnen ereignen, in der mit Müdigkeit und Angst übervollen Nacht, und nicht am hellen Tage, unter dem hellem Himmel?

Er fühlte sich wie jener Dieb, jener verrückte Liebhaber der Malerei, der die Madonna Crivellis gestohlen hatte und dann erblindet war und sie nicht anschauen konnte. Er fühlte sich wie jener legendäre Derwisch, der sein ganzes Leben lang über Meere und Berge ging, um die Kaaba zu sehen, in der Nacht bei ihr ankam und, weil er es nicht ertragen konnte, bis zum Morgen zu warten, sich direkt neben den Türen der Kaaba an seinem Turban erhängte. Doktor Leonardo, der Gelehrte, Mediziner und Naturwissenschaftler, haderte mit den Missbildungen der menschlichen Natur und fürchtete sich.

Er fürchtete, dass er jetzt, da er vor den Türen der Kaaba stand und diese sich vor ihm öffneten, nicht würde eintreten können und leblos umfiele. Und danach bliebe nur noch, sich zu erhängen. Doktor Leonardo nahm langsam seinen ledernen Reisegürtel ab und fuhr mit nachdenklichen Fingern darüber. Dann wäre es aber besser, sich zu erhängen, bevor man die Türen der Kaaba erblickte – dieses Lederband würde seinen Körper aushalten – Doktor Leonardo ließ das Band aus seinen Fingern gleiten und begann, sich umzusehen, er schaute nach alten Eichen. Der Gürtel fiel neben ihm ins Gras.

»Leonardo, Liebling«, erblühte eine warme, grenzenlose

Stimme in seinem Bewusstsein. »Ich werde mit diesem guten Großvater schon einmal vorgehen. Du brauchst nichts zu verbergen. Ich verstehe dich und werde oben am Weg warten. Tue, was du tun musst.«

X

Doktor Leonardo hob mit einer schnellen Bewegung seinen Gürtel auf. »Ich muss gar nichts tun«, sagte er lächelnd. »Ich komme mit dir.«

Und sie gelangten auf dem Pfad zum Chalet des guten Baumpflanzers. Alceste lief ein Stück voraus und öffnete die Tür für Leonardo, wobei sie einen wundervollen Knicks machte.

Inzwischen verstreute die Natur, wie Birnen aus einem geblümten Rocksaum, weiter Zeichen um Zeichen dafür, dass der Abend gekommen und die Sonne unter die Erde gesunken war. Im Roggen erwachte ein Hase, erschreckte sich vorsichtshalber und rannte davon, aber nachdem er einen halben Kilometer gerannt war, fiel ihm auf, dass das Leben im Roggen vorzüglich roch und lief wieder zum Feld zurück.

Am Waldessaum kletterte ein Fuchs aus seinem Bau und horchte mit der Nase lange den warmen Gerüchen, die im Wind trieben. Schließlich, nachdem er in dem chaotischen Chor aus Aromen von Zieseln, Fröschen, Hunden, Menschen, Rindern, Pferden und Hasen den Geruch eines toten Schafes ausgemacht hatte, traf er seinen Entschluss und bewegte sich langsam in die Richtung, in der diese Delikatesse lag.

Wie ein stummer Wels schwamm der Nebel nach oben und verschlang alle Flüsse, Bäche und Seen und auf dem Stockentensee wurden die Enten unruhig. Immer öfter spreizten sie ihre Flügel, flatterten, und eine junge Ente verlangte mit einem eindringlichen, rufenden Laut Antwort von den Nachbarseen.

Der Student Perebyjnis hörte endlich damit auf, Äste zu schneiden und hatte das Gefühl, genug für fünf Hinterhalte zu haben. Also schnappte er sich ein ordentliches Bündel und lief, vor Erregung zitternd, zum nächstgelegenen Wasser, über das die Enten von den Waldseen aus fliegen mussten. Dort schichtete er am Ufer die Äste in einem Kreis auf und baute sich einen Sitz in der Mitte, um auf diesem zu warten, bis die Enten losflogen.

Immer verzweifelter schrie die junge Stockente, aber sehr langsam traten in ihr naives, analphabetisches Köpfchen zuckende Begehren und Bestreben, die sich all-allmählich in ihren Gedanken formten und zwar zu: fliegen!

XI

Dieser Gedanke wies nun keinerlei Ähnlichkeit zu den Prozessen auf, die sich im Kopf eines Zoologieliteraturhistorikers ereignen. Ein Zoologieliteraturhistoriker denkt ungefähr auf diese Weise:

In seinem Bauch hört er ein unbestimmtes Grummeln und fühlt eine unangenehme Leere. Diese Leere, wie die Chemiker schreiben, strebt danach, mit Kotlety und Erbsen, Gurijewbrei und Plombir gefüllt zu werden. So entsteht der erste Gedanke – ›essen‹.

Gleichzeitig sendet die Zunge Signale, dass sie trocken ist und mit Schnaps erfrischt werden könnte, verdünnt mit Wasser und verfeinert mit Blutwurz oder Bisongras. So formt sich die zweite These: ›trinken‹. Im Zusammenklang mit der ersten These ergibt das die erste gedankliche Operation - einen Akt kombinatorischen Denkens: ›trinken und essen‹!

Diese Prozesse entwickeln sich weiter, werden komplexer und erreichen die Grenze der Subtilität analytischer Ketten. Trinken und essen - aber zu welchem Preis.

Mathematische Operationen - die Inventur und Addition des Geldes in seiner Tasche - zeigen ihm, dass sich in seiner Historikertasche nicht mehr Geld befindet, als das, was zum täglichen prosaischen Überleben notwendig ist. So entsteht die dritte These - dass mehr Geld verdient werden muss, damit getrunken und gegessen werden kann.

Danach, das muss man sagen, laufen vergleichsweise einfache synthetische Prozesse ab. Ein Opfer ist leicht gefunden - es ist eben jener Ringelwurm, der am Grund des Stillen Ozeans in der Nähe des Malaiischen Archipels lebt. Er findet sich nur an genau diesem Ort und nirgendwo sonst. Nicht ein Professor hat jemals auch nur eine Zeile über diesen Wurm geschrieben.

An zwei in Alkohol eingelegten Exemplaren des Wurms würde der Zoologe erhellen, wie der Wurm lebt, was er isst, wie er sich paart, worin er sich von anderen Würmern unterscheidet, warum er überhaupt eine neue, unterscheidbare Art darstellt und bei all dem geht dem Zoologen nicht für eine Minute aus dem Kopf, dass der Alkohol genau genommen sinnlos verschwendet wird – und dann schreibt er einen Aufsatz.

Dieser Aufsatz ist der Beginn der wissenschaftlichen Karriere des Zoologen. Egal, dass die Menschheit nichts mit diesen Würmern zu schaffen hat, egal, dass ihn aktuelle Themen von überall her anschreien, auf aktuelle Themen baut man keine Karriere

– dort ist alles bereits erforscht und ausgearbeitet. Der Zoologe geht in ein Restaurant. Trinken und essen.

Das alles ist natürlich sehr komplex und zeigt, dass der Mensch die Krone der Schöpfung ist. In einem primitiven, nun ja ... Kopf passiert dagegen lediglich das:

XII

Kalt! Sehnender Schrei! Essen! Essen! Fest, süß, trocken essen! Genug Wasser! Weizen essen!

Und schon breiten sich die Flügel aus. Und die Füße stoßen sich vom Wasser ab. Und plötzlich – das Geräusch von Flügeln. Der Ansturm der Gefühle bei dem alten Erpel hat seinen Höhepunkt erreicht und damit auch sein Ende. Er reißt sich los und fliegt. Das Geräusch von Flügeln! Essen! Gefahr! Sie fliegen! Fliegen!

Und da, die Stockente fliegt schon, sie eilt den dunklen Körpern vor sich hinterher. Ringsherum, hinten, vorne das Geräusch von Flügeln. Aus den Muskeln verschwindet der letzte Rest schläfriger Trägheit. Auf dem einen Weg fliegen; auf ihm sind die Vorväter des Entenvolkes seit hunderten Jahren geflogen – von den Waldseen, über die Waldseen, in die Steppe!

XIII

Die Sonne ging in der Seele des Studenten Orest Perebyjnis endgültig unter, der Abend umfing seine ganze Seele von den

Schultern bis zu den Fußspitzen und in jeder Ader seines gigantischen Körpers pulsierte eine allgegenwärtige Losung – der Abendsommer beginnt. Don José Pereira und sein mysteriöses, wundersames Verschwinden, Doktor Leonardo, die schöne Alceste, der Bauer Schildkröt, der gute Baumpflanzer, der Obdachlose und sogar der Salo, von dem Orest einen ganzen Monat lang leben musste, tanzten und verschwanden Hand in Hand in der Dunkelheit. Für einen kurzen Moment tauchte der Salo noch auf, gespickt mit Zeichen von Differentialen und Integralen, lächelte drohend, funkelte durch die Brillengläser von Professor Struve, bevor er in einem wilden Fandango verschwand, wie ein Kavalier um die schöne Alceste kreisend.

Es blieb allein das Wesen des Abends zurück und dieses war ganz und gar – Warten.

Die dunkle Wiese wartete – ihre Espen zitterten ganz leicht. Das Wasser wartete – eine Brise raute es nur ein wenig auf. Das Schilf wartete – und wurde langsam schwarz. Das Teichhuhn wartete, dass der unbekannte Student vom See verschwände und versteckte sein Köpfchen wieder im Dickicht.

Nur der Student Perebyjnis selbst konnte nicht länger warten. Wie ein langes Stöhnen entwich seiner Brust ein mächtiger, mit Gewalt zurückgehaltener Seufzer und das ganze schwarze Schilf um den See raschelte und beugte sich unter seinem Atem.

Nach diesem tiefen Seufzer sah der Student Perebyjnis auf einmal wieder alles um sich herum. Direkt vor seinen Augen, am anderen Ufer des Sees, ragte eine schwarze Kiefer wie der Kamm eines Schildkrötenpanzers in die Höhe. Auf dem kleinen See wuchsen Sumpfbinsen und einige Stängel streckten chinesische Wächterlanzen in den Himmel. Durch das fallende Wasser angehoben verdrehten sich die Wasserrosen, beugten und streckten sich in tausend fantastischen Formen, der See wurde zu einem nächtlichen Friedhof menschlicher und tierischer Schädelphantome, zertrampelt und zersplittert von einem nächtlichen Kavalleriegefecht.

Endlich ein Pfeifen über dem Kopf – Ts-s-s-s-s! – langsam, aber sicher. Das war die erste Ente. Perebyjnis schoss, verfehlte und verlor den Kopf. Nach oben, zur Seite, nach vorne und hinten flatterten die Flügel, die Stockenten kreisten über dem See, bildeten ein Kreuz, stürzten platschend auf das Wasser und erhoben sich ratternd wie ein Nachtzug wieder vom Wasser in die Luft.

Das Gewehr lag regungslos in Orests Händen, er war erstarrt und konnte nicht schießen, verzaubert von der bedrohlichen Musik der Flügel. Es schien, als ob das Symphonieorchester des schwarzen Abends die Legende von der toten Stockente spielen würde. Perebyjnis lauschte den stürmischen Worten und hielt dabei den Atem an.

Der Fluss schläft. Ins Schilf
Flüchten verängstigte Wellen.
Aus dem Kelch der Nacht strömt es zum Wasser,
Der Kelch in der Nacht ohne Neige – Nebel, schau!
Über dem Kamm des Kiefernwaldes
Erscheint die Tote Stockente.

XIV

Ihre Flügel pfeifen wie eiserne Sägen,
Die kräftigen Adern mit Blei gefüllt,
Sie fliegt – derweil haben die trägen

Vögel die Köpfe in ihre Flügel gehüllt.
Das Gras erzittert im schwarzen Wasser.
Langsam umfliegt sie den See,
Ihren Kopf streckt sie nach vorn, vorn, vorn,
Schilf schneidet der Eisenflügel Zorn,
Und seine Halme gehen zu Boden.
Und da nun der Schütze zu schießen beginnt,
Sucht Kugeln mit hastigen Fingern,
Schießt und schießt und hört's pfeifen, es klingt
über seinem Kopf bald nah und näher bald,
Und als sich, todmüde, der Morgen erhebt,
Vom Kampf am schwarzen Kiefernwald,
Das Boot, in dem das Wasser steht.
Es wieget ein Körper, sein Kopf hänget kalt.
– Der Körper des Schützen, am Abend
getötet durch letzter Kugel Gewalt.

XV

»Mach das Fenster auf«, sagte die schöne Alceste, »sonst ersticken wir hier noch.«

Da drückte Doktor Leonardo ohne nachzudenken gegen den winzigen Rahmen – und in das Zimmer flogen die Abende.

Es war nicht ein Abend – es waren Abende, Dutzende, Hunderte kleine, frische, feuchte Abende und sofort summten sie über den Köpfen der Liebenden. Die schiefe Lampe schimmerte auf der schiefen Kommode und zu ihr flogen und summten die unzähligen Abende.

»Das ist unsere Liebe, die in der Dunkelheit klingt«, sagte die schöne Alceste. »Es klingt nach unendlichen Tagen der Reise, voll von ungewisser, unerfüllter Liebe. Jetzt wird der Baumpflanzer gleich zu schnarchen beginnen – er sägt Feuerholz im Schlaf – und dann beginnt für uns ein neues Leben. Das ist unsere Liebe, die in der Dunkelheit klingt.«

»Ich fürchte, nicht«, antwortete Doktor Leonardo und schloss mit einer bedauernden Bewegung das Fenster. »Lass uns in den Wald gehen und dort horchen, was da zwischen uns und den Sternen summt und klingt.«

Er öffnete das Fenster erneut und sprang ohne weiteres hinaus in die Nacht. In einer unerwarteten Bewegung nahm er die schöne Alceste bei der Hand. Mehr als einmal hatte er sie auf seinen Händen getragen, jetzt aber trug er sie aus der Hütte und seine Hände und ihr Körper waren gewöhnliche Hände und ein schöner weiblicher Körper.

Nun wurde diese, seine Hand zu einer fremden – als wäre es ihre Hand. Nun wurde dieser, ihr Körper zu seinem – als wäre es sein Körper.

Auch sie fühlte diesen Tausch und es verschlug ihr die Sprache. Als ob sein Blut dort pulsierte, wo seine Hand lag und dieses Blut zu ihrem Herzen strömte. Sie atmete nicht, um sich nicht von dieser Hand loszureißen, die sie, wie ihr schien, gerade selbst geboren hatte, diese außergewöhnliche Hand.

Plötzlich zog Doktor Leonardo seine Hand mit einem ärgerlichen Ruck weg und schlug immer wieder mit seiner Handfläche auf sie ein.

Die schöne Alceste erschauderte vor Schreck und Kränkung. Ihr Zorn war so stark und kalt, dass sie nicht einmal aufsprang. Nach einem Streit kann man vergeben, aber nach einer

Demütigung kann es keine Versöhnung geben. Sie richtete sich langsam auf, um sich für immer von Leonardo zu trennen, ohne sich einen Schritt von ihm zu entfernen. Aber in diesem Moment stach sie etwas schmerzhaft in den Hals, dann in ein Augenlid und dann in eben jene Lippen, auf denen sich die Worte des ewigen Abschieds formten.

»Mücken!«, sagte Doktor Leonardo. »Das sind die Abende, die klangen und summten, als ich ihnen das Fenster zur schiefen Lampe öffnete.«

Er holte eine Zeitung aus seiner Tasche. »Hier ist die Ausgabe der Zeitung *Voce del Popolo*, in der gesagt wird, dass Don José Pereira in der Steppe von Cherson umgekommen ist. Nimm diese Zeitung und erschlage damit die Mücken in der Hütte. Sie haben sich alle über der Lampe versammelt, es wird dir ein Leichtes sein, sie auszulöschen. Öffne bloß nicht die Fenster, solange du die Lampe nicht ausgemacht hast. Ich komme bald.«

Und nachdem er die schöne Alceste wieder durch das Fenster in die Hütte gehoben hatte, blieb der gelehrte Doktor Leonardo an der Prysba stehen, zwischen der Hütte und der Nacht.

XVI

Die Mücken setzten sich ihm auf die Augen, die Hände, die Ohren, auf die hohe Stirn, auf den Nacken, wo die zarten Löckchen endeten, stachen ihn durch das Hemd, eine von ihnen fand ein offenes Schnürloch in seinem Schuh und zeigte den Weg den anderen, worauf sofort zehn Rüssel in Leonardos Fuß steckten, aber er stand regungslos da, denn auch in ihn war der große Abend der Natur eingegangen.

Zuallererst atmete er tief und frisch ein und plötzlich fühlte er tausend nächtliche heilende Gerüche und eine Kühle. Die Kühle des Heus, das irgendwo in der Dunkelheit vor ihm auf einem Haufen lag, flog heran und nahm hunderte unbekannte Blumen auf seine Flügel, abendliche Harze und Haarstränge, Wälder aus Eschen, Eichen, Espen, Birken und Kiefern kamen auf ihn zu, überwucherten ihn, er starb und wuchs zu einer Schwarzpappel, streckte seine Arme aus und an seinen Armen raschelten Blätter, öffnete halb seinen Mund und sein Mund erblühte von den Blüten aller Blumen des Waldes. Hektisch zog er seine Schuhe aus und Gras fing an zu sprießen, weicher als Seide zwischen seinen müden Zehen.

So stand er lange und als er endlich wagte, seine Augen zu öffnen, sah er mit Schrecken, dass die bewaldete Erde in den Himmel gewachsen war und der Himmel auf die Erde gefallen. Die Sterne leuchteten bereits durch den Wald wie durch Wolken und der Himmel, ganz nah und ganz tief, wurde eins mit der Erde. Er öffnete die Augen noch weiter und war wie erblindet. Er sah nichts – vor seinen Augen war alles und er selbst war – alles.

Eine Mücke, die sich zu Tode gesoffen hatte, stieg von seinem Mund auf und schwirrte leise fort in das unglaubliche Nichts. Sie flog weg, um zu sterben und dies waren ihre Worte:

Nachts
                    Summt
                                        Die Mücke.
Felder schweben, Haine erheben sich
Und Flüsse steigen, bilden zu Wolken die Brücke.
Und wer ich bin, weiß ich des Nächtens nich'

Noch welch' Jahrhundert morgen beginnt
Noch ob
Im Schlafe schreit irgendein Enterich
Nachts
                    Summt
                                        Die Mücke.
Felder schweben, Haine erheben sich
Und steigen stumm auf, bilden zu Wolken die Brücke.

In diesem Moment stieg Klyms Kuh in den See, an dem Orest Perebyjnis zitterte.

XVII

Klyms Kuh hatte sich im Wald verirrt, nachdem sie von der Herde fortgelaufen war, denn sooft der Hirtenjunge Omelko auch nach ihr rief, sie entfernte sich immer weiter in Richtung der Seen, wo man sich mit dickem, saftigem Gras vollstopfen konnte.

Orest Perebyjnis hatte sich gerade erst von jenem mystischen Zittern erholt, das jeden normalen Menschen angesichts des abendlichen Stockentenflugs erfasst, als er ein wunderliches Geräusch hörte, das klang, als würde jemand Wasser aus einem Krug gießen. Er spähte in die Dunkelheit und sah zwei gespreizte Hinterbeine, zwischen denen sich ein endloser Strom auf die feuchte Erde ergoss.

Die Kuh stand genau vor ihm, gegen Westen, genau da, wo man am präzisesten gegen den Abendhimmel schießen konnte. Sein erster Gedanke war, die Quelle des endlosen Stroms einfach mit Schrot zu durchlöchern, aber der Student Perebyjnis war selbst ein armer Bauer von Geburt und erinnerte sich daran, was ein Schluck Milch für ein zerlumptes Kind bedeutet.

Der Strom plätscherte und floss über die feuchte Erde, bahnte sich einen Weg zum See. Und es plätscherte und floss so lange, dass der See durch das ankommende Wasser anzuschwellen schien. Schließlich nahm der Strom ab, das Geräusch erstarb und der Schwanz, der wie ein Buntschuk in den Himmel ragte, senkte sich langsam zwischen die gespreizten Beine.

Die Stockenten kehrten über den See zurück und der Student Perebyjnis überprüfte, ob sein Gewehr scharf war. Er hatte nach dem ersten Fehlschlag nicht mehr geschossen. Er legte das Gewehr an die Schulter und zielte auf eine Stockente, die bereits die Füße ausstreckte, um sich in den Sumpfbinsen niederzulassen.

Aber plötzlich zog die Ente ihre Füße ruckartig ein, schlug erschrocken mit den Flügeln und verschwand aus seinen Augen – sie hatte ein neues, bedrohlicheres Geräusch gehört. Es war das Brüllen der Kuh, die sich an ihre Herde erinnerte und den sozialen Anforderungen der Gruppenbildung Genüge tat. Eigentlich hatte sie nicht die Absicht, von diesem See voller Gras nach Hause zurückzukehren, aber ein ewiges Gesetz, noch aus jenen Zeiten ihrer Vorväter, der grauen Auerochsen stammend, gebot ihr, nach der verlorenen Gruppe zu brüllen.

Sie brüllte so viel, wie nötig war, dann machte sie sich daran, das fette Gras abzurupfen. Danach brüllte sie wieder ein wenig, dann verschlang sie es. Anschließend brüllte sie wieder, dann aß sie einen Bissen. Dann brüllte sie wieder und fing erneut an zu grasen.

Dem Studenten Perebyjnis juckte es in den Fingern, mit feinem Schrot auf sie zu schießen, irgendwo auf die Vorderbeine, um den Milchfarmen nicht zu schaden. Aber ihm wurde klar, dass sie dann unaufhörlich brüllen und noch tiefer ins Wasser stürzen würde, um den Schmerz zu stillen. Mit Verzweiflung und Wehmut in seinem gebrochenen Herzen erhob er sich, um zu gehen. In diesem Moment hörte die Kuh auf zu brüllen und zu grasen. Perebyjnis setzte sich wieder hin, auch wenn er der Ethik einer Kuh nur wenig traute. Irgendwo schnatterte eine verspätete Stockente, die Kuh wandte ihre Schnauze dem See zu und gluckste stumm direkt ins Wasser, stapfend, spritzend, schnüffelnd, auf der Suche nach fetterem Gras.

XVIII

Doktor Leonardo betrat die Hütte und schritt bedächtig voran, als trüge er in seinen Händen ein tausendminarettiges, millionensaitiges, feinglockiges Glasgebäude, das jeden Moment zerfallen und als Sand auf den Boden rinnen konnte. Sein Gesicht, Ohren, Hals, Arme und Beine brannten noch, von den Mücken zerstochen, aber er war sich dessen nicht bewusst. Er trat an das hölzerne Bett heran, wo in einem Haufen von Kissen, Leintüchern, Plachtas und Decken Alceste weiß in die Nacht leuchtete, heller als der verträumte Widerschein des Bauernleinens.

Sie war ruhig und sogar ein wenig schläfrig. In direktem Gegensatz dazu, was in Büchern, Romanen und Erzählungen beschrieben, was in Romanzen, Liedern, Chansons und Arien besungen wird, sind Frauen in der Liebe kälter als Männer. Vielleicht deshalb, weil für das Männchen die Liebe am Ende, für das Weibchen aber am Anfang steht.

Nach diesen Worten sind die schönen Leserinnen kurz davor, dieses Buch zu schließen und unter das Kanapee zu werfen, ob einer solch unverschämten Präsumtion des Autors (wenngleich leider keine von diesen schönen Leserinnen weiß, was eine Präsumtion ist). Aber ich spreche gar nicht von den jetzt Gegenwärtigen. Diese schönen Leserinnen sind wirklich die bebenden, zärtlichen, schüchternen, feurigen Mimosen, die in den Büchern beschrieben und in den Liedern besungen werden. Nur die schöne Alceste war ruhig und sogar ein wenig schläfrig. Deshalb streckte sie in einer eleganten Bewegung ihre Hände dem erstarrten, entrückten Leonardo entgegen und dieser setzte sich auf die Kante des hölzernen Bettes.

Er schwieg und saß regungslos da. Er dachte an die langen Jahre der Reise mit der schönen Alceste, die schönen, unvollendeten Jahre. Heute sollten sie zum ersten Mal vollendet werden.

Er wusste, dass diese erste Vollendung für ihn nicht die letzte sein würde, dass die zweite und dritte Nacht noch reicher und voller sein würden als diese ängstliche und wilde. Aber er wusste auch, dass dieser Reichtum und diese Fülle bald zur Neige gehen würden, vielleicht in einem Monat, vielleicht in einem halben Jahr, sie würden jedenfalls austrocknen und sich erschöpfen. Mit der Zeit fiel auch das große Troja und die schöne Alceste würde sich sorgen und warten, so wie er sich jetzt sorgte und wartete. Aber er würde immer öfter seinen Kopf heben, um mit seinen Augen nach anderen Frauen auf der Welt zu suchen, vielleicht gar schlechter und schwächer als die schöne Alceste. Ganz zu schweigen von den schönen Leserinnen dieses Buches, die ihm dann wie unerreichbare, unglaubliche, unserer Erde entrückte Wesen erscheinen würden.

Das alles erlebte er im Voraus, auf dem Rand des hölzernen Bettes sitzend, auf dem die schöne Alceste leuchtete, inmitten der Nacht, heller als die Nebelwolken des Bauernleinens. Ja, jetzt war sie schön. Zudem gab es außer ihr nichts in der Welt. Er war wie Caligula, der die ganze Menschheit in einem Körper vereinen wollte, um ihr mit einem Hieb den Kopf abzuschlagen. Er vereinte alle Weiblichkeit in einem Körper, um mit einem Mal die ganze Welt zu befruchten. Und das beschloss er jetzt zu tun.

XIX

Als sie wie Kinder nebeneinander lagen, schien es ihm, als wäre er wirklich ein Kind geworden und läge warm neben seiner Mutter. Zärtlich, bestimmt und liebevoll hatte sie ihn gebettet wie einen kleinen Jungen, als wäre wirklich das Einzige, was er tun müsste, in diesem warmen Nest süß einzuschlafen.

Da wurde er, erhitzt von ihrer Nähe, größer und größer und größer, wurde ein Bursche, wurde ein erwachsener Mensch, wurde ein Mann, während sie immer kleiner wurde, immer mädchenhafter und schließlich zu einem kleinen, verspielten Mädchen. Je länger sie aber spielten, desto weniger wollte er spielen. Seine Muskeln wurden größer und spannten sich an, er wurde zu Stahl und sie begann, ihn zu fürchten.

Genau in dem Moment, als die langen Jahre der Reise vollendet werden sollten, öffnete sich die Tür und der gute Baumpflanzer kam herein.

»Entschuldigung«, sagte er, »aber ich habe vergessen, Ihnen die Medizin gegen alle Beschwerden zu geben. Probieren Sie sie einmal und es wird Ihnen sofort bessergehen.«

In den Händen hielt er eine Branntweinflasche, bis obenhin gefüllt mit Heilkräutern, die ihr grünes Dasein im verdunkelten Schnaps fristeten.

»Also dann, trinkt das«, sagte er und verließ die Hütte.

Doktor Leonardo sprang aus dem Bett und begann, im Zimmer auf- und abzugehen, wobei er sich eine Papirossa nach der anderen anzündete. Ab und an lief er zu der schiefen Kommode und verpasste ihr einen Fußtritt. Als es in der Nachbarhütte endlich wieder schnarchte, wie ein Motor, den man schon lange hätte reparieren sollen, machte er sich an die Arbeit.

Er schleifte die schiefe Kommode durch das ganze Zimmer und füllte die Schubladen mit jedem Gewicht, das er in der Hütte finden konnte. Darauf setzte er einen Stein, auf dem in der Ecke ein Waschzuber mit Wasser gestanden hatte. Der Zuber fand ebenfalls seinen Platz auf der Kommode, neben dem Stein. Zwei Bänke lagen überkreuz darüber. Er nahm aus dem Bett mehr als die Hälfte der Kissen und Leintücher und verdeckte damit auch den oberen Teil der Tür.

Auf der Suche nach schweren Dingen stieß er irgendwo auf ein altes kupfernes Fünf-Kopeken-Stück, wog es in der Hand und legte es ebenfalls oben auf die Barrikade. Dann setzte er sich wieder auf den Rand des hölzernen Bettes, in dem die schöne Alceste in die Nacht leuchtete, heller als die heiligen Schriftrollen des Bauernleinens. Und es war, als hätte es die Wut nie gegeben.

XX

So saß er lange, bis er hörte, dass jemand vor dem Fenster jammerte, nicht still jammerte wie eine alte Witwe, sondern heulte und jaulte, wie ein Mann, dem gewaltsam die Hände abgeschlagen wurden und der daraufhin seine Zähne in den Kehlen der Feinde versenken will.

Es war ein neuer Gast aus tiefster Nacht, der von seiner Behausung fünfundzwanzig Kilometer durch den Wald gelaufen war, nur um zu dem Weiler zu gelangen, wo ihn, wie er wusste, niemand ins Haus bitten würde.

Diese fünfundzwanzig Kilometer legte er nicht auf einem Weg zurück, nicht einmal auf einem Pfad, sondern schnurstracks durch Schluchten und über Berge, durch Gebüsch und Unterholz, über Sturmfall und Windbruch. Sorgsam setzte er keinen Fuß dorthin, wo einmal menschliche Füße waren, sondern rannte über solche Stellen hinweg, wie ein Wolf, wie der Wind, wie ein wildes Tier, ohne sich umzuwenden.

Er erreichte den Weiler und heulte, weil er wusste, dass ihn niemand ins Haus lassen würde und er in dieser Nacht noch fünfundzwanzig Kilometer zurücklaufen musste, durch Schluchten und über Berge, durch Unterholz und Gebüsch, über Windbruch und Sturmfall.

Die schöne Alceste sprang aus dem Bett und klammerte sich mit ihrem ganzen Körper an Leonardo. Aber Doktor Leonardo zeigte keinerlei Anflug von Besorgnis.

»Das ist ein Wolf«, sagte er. »Wenn ihn niemand verjagt, gelingt es ihm manchmal eine Gans zu stehlen oder auch ein Fohlen zu reißen. Wahrscheinlich ist er sehr hungrig.«

»Aber uns wird er nicht fressen?«, fragte die schöne Alceste mit ihrer für Südländer typischen, hyperbolischen Vorstellung von Wölfen.

»Nein«, antwortete Leonardo knapp. »Denke nicht mehr an ihn. Wir haben Furchteinflößenderes und Wichtigeres zu tun.«

So führte ein Fremder aus den Wäldern die Liebenden wieder zusammen, die der gute Baumpflanzer getrennt hatte.

XXI

Eben dieser Fremde hatte wohl begriffen, dass ihn hier keiner haben wollte, vielleicht hatte er auch irgendwo Hunde gewittert, jedenfalls lief er zurück und begann, den Weiler in einem weiten, sicheren Kreis zu umrunden.

Es war ein junger Wolf – fünf Jahre alt, dennoch ein vortrefflicher Krieger und bewährter Kämpfer. Zwar war er mager wie ein türkischer Heiliger,[XVI] sodass seine Rippen aus dem Fell hervortraten und aus seinen Hüften, wie zwei Hörner, bloße Knochen ragten, aber alle Muskeln seines dürren Körpers waren perfekt aufeinander abgestimmt, er legte fünfundzwanzig Kilometer zurück und hätte noch fünfzig laufen können, ohne dass ihm die Puste ausgegangen wäre. Er hätte leicht ein zweijähriges Fohlen reißen können, aber der Hunger und sein Training trieben ihn zu noch größeren Taten.

Als er drei Viertel des Weilers umrundet hatte, nahm er die Witterung eines Pferdes im Südwind auf: die Aromen von Mist und der Ammoniakatem eines Stalls mischten sich nicht in den Geruch. Das Duftbild des Pferdes trat aus dem Hintergrund der Grasaromen deutlich hervor; es war das Einzelporträt eines gesunden, wohlgenährten Pferdes, fremd allerdings an diesem Ort.

Der Fünfjährige begann, sich dem appetitlichen Porträt vorsichtig zu nähern, im Zickzack, damit das Pferd nicht auch nur für einen Moment seinen eigenen Geruch mit der Nase in der Luft erhaschen konnte.

Das Fremdlingspferd graste ruhig am Zaun der allersüdlichsten Hütte, wo der Weiler zu den seitlichen Ausbuchtungen des Dinez abfiel. Es war gehobbelt, aber das störte es nicht weiter, denn das Gras wuchs hier großzügig und man musste es nicht suchen.

Sein Herr war in der Hütte und aus dieser lange nicht mehr herausgekommen; so hatte es das Pferd geschafft, einen Beutel mit Hafer vom Wagen herunterzufischen, es zerbiss ihn und legte ein substanzielles Fundament für den leichten Imbiss aus Gras, sodass für die Nacht gesorgt war. Es sprang zweimal in die Luft und in diesem Moment drehte der Wind ein wenig. Das Pferd legte die Ohren an und stand still, bereit, bis zum Morgen um sein Leben zu galoppieren – denn für eine kurze Sekunde hatte es den Geruch eines Wolfes wahrgenommen.

Aber es vergaß, dass seine Vorderbeine mit Hobbeln zusammengebunden waren. Es war das treue Pferd Wolodko, das Pferd des Bauern Schildkröt.

XXII

Der Fünfjährige lief bereits direkt auf das Pferd zu, legte sich unter jeden Busch und loderte immer heißer. An den kurzen Sprüngen, die seine Ohren erreichten, erkannte er, dass das Pferd gehobbelt war und fasste den festen Entschluss, es zu fressen, komme was wolle – ein solches Pferd konnte sich weder wehren noch weglaufen.

Der Fünfjährige überquerte die Lichtung zum letzten Eichenbüschlein und legte sich in diesen Busch. Das Pferd stand unbeweglich da und schnaubte und grunzte lediglich wild. Weiteres Warten war unnötig und der Fünfjährige kam aus dem Busch hervor.

Genau da kam Bauer Schildkröt aus der Hütte des Gevatters, um frische Luft zu schnappen und denjenigen Teil des Branntweins zu erbrechen, der ihn am Sitzen hinderte und seine Beine einschlafen ließ.

Trotz völliger Umnachtung ging er zum Wagen hin und tastete gewohnheitsmäßig der Reihe nach alles ab, um sicherzugehen, dass alle Sachen an ihrem Platz waren. Trotz völliger Umnebelung bemerkte er sofort, dass der Beutel mit dem Hafer fehlte.

Für eine Minute dachte er nach. Sein erster Plan war folgender: hinzugehen und dem Gevatter den Schädel einzuschlagen, damit er nicht mit dem Hafer davonkam. Aber Bauer Schildkröt erinnerte sich auch betrunken gut daran, dass der Hausherr Klym die Hütte nicht verlassen hatte.

Es war klar – obwohl sich in seinem Kopf alles im Kreis drehte, die Sterne sich aufeinandertürmten und am Karren überall Räder, Räder und nochmals Räder waren, an denen er sich dreimal hintereinander sein Knie anstieß - es war klar wie an einem nüchternen Tag, dass sein treues Pferd Wolodko den Hafer gestohlen hatte.

Also hob Bauer Schildkröt die Hand mit der leeren Flasche über seinen Kopf und versuchte, wie auf einem Zirkusseil balancierend, das treue Pferd Wolodko zu erreichen.

Als er aus dem tiefen Schatten auftauchte und in den Mondschein trat, sah er, dass das treue Pferd Wolodko nicht fraß, sondern in einer wilden, entsetzlichen Haltung erstarrt war, während in der Nähe ein ziemlich großer grauer Hund lag.

Diese Tatsache setzte seinem Zögern ein Ende. Der Hund konnte den Hafer nicht gestohlen haben, das ist wahr, aber warum sollte man sein treues Pferd Wolodko züchtigen, wenn man einen fremden grauen Hund züchtigen konnte.

Es war derart offensichtlich, dass der Bauer Schildkröt die Flasche schwang und in Richtung des Hundes warf. Klatsch! schlug sie ihm schmerzhaft in die Rippen. Der Hund sprang auf und verschwand aus seinem Blickfeld. Ohne einen Mucks! Bauer

Schildkröt begann sogar daran zu zweifeln, dass er ihn überhaupt getroffen hatte. Es war ein ordentlicher Schlag, aber der Hund hatte nicht einmal aufgejault. Warum hatte der Hund nicht aufgejault? Bauer Schildkröt dachte nach. Sein neugieriger Verstand mochte keine ungelösten Probleme. Er machte sich an eine gründliche Lösung des Problems.

Zunächst erbrach er einen Teil des Horilkas, zusammen mit unverdauten Stücken saurer Gurken und einem Trümmerhaufen aus Kraut und Roter Beete ins Gras. Er starrte angestrengt auf das erbrochene Material, fand dort aber keine Lösung für das Problem des stummen Hundes.

Der Wagen mit seinen sechs Rädern, das treue Pferd Wolodko mit seinen sechs Beinen und zwei Köpfen, die Sterne, die sich aufeinandertürmten wie Spatzen – all das waren wunderbare, konkrete Tatsachen, aber auch in ihnen führte keine Spur zum Problem des stummen Hundes.

Bauer Schildkröte würgte noch einen Teil der Horilka-Gurken-Mischung hervor und ihm wurde klar, dass diese Angelegenheit ohne Horilka nicht zu lösen war. Deshalb wedelte er noch einmal drohend mit der Faust in Richtung des Wagens, des Pferdes und der Sterne und trottete dann langsam zurück zur Hütte.

Unterdessen lief der Fünfjährige, ohne sich umzudrehen, in den Wald.

XXIII

Zum ersten Mal in seinem Leben hatte er ein gehobbeltes Pferd gesehen, das ihm aus solcher Entfernung einen Schlag auf die Rippen versetzte. Es war ein verzaubertes Pferd und der Fünfjährige beeilte sich, so viele Kilometer wie möglich zwischen sich und es zu legen. Auf einer Freifläche zwischen zwei Wäldchen, durch die drei kleine Täler führten, hielt er aber an. Irgendetwas stapfte, keuchte und schlurfte im mittleren der Täler.

Der Fünfjährige lief weiter, um die Witterung im Wind aufzunehmen: es war eine Kuh, allein im Wald und das zu dieser Zeit. Sie befand sich in einem sumpfigen Tal, bis zum Bauch im Wasser, würde also weder weglaufen noch sich verteidigen können. Der Fünfjährige trat vorsichtig ins Wasser, er schritt vorwärts, als würde er auf einem Samtteppich laufen, und als wären sie Schwestern trat jede Pfote in eine von einer anderen der Schwestern eingeprägte Vertiefung. Irgendetwas rührte sich im Gebüsch hinter seinem Rücken und der Wolf blieb stehen.

Auch die Kuh verstummte und wurde ruhig, es begann ihr zu dämmern, dass es Zeit wäre, nach Hause zu gehen. In ihrem langsamen Hirn stapften langsame Erinnerungen an alle schrecklichen Gerüche der Nacht, diese Erinnerungen hoben ihre Schwänze und brüllten, käuten sich gegenseitig wieder und ließen vor Schreck frische Kuhfladen schwer auf die Erde plumpsen.

Auch im Gebüsch hinter dem Rücken des Wolfes wurde es still, aber der Fünfjährige war keiner, der so etwas einfach vergaß. Er musste sich im Gebüsch umsehen, drehte seine Schnauze in dessen Richtung und versuchte, gegen den Wind die Ursache des geheimnisvollen Raschelns auszumachen.

Plötzlich traf ihn etwas schwer, spitz und heiß mitten ins Gesicht und sofort rollte ein naher Donner durch den Wald. Er wollte fliehen und konnte es nicht: seine Augen waren blind, seine Nase taub und seine Pfoten verdrehten sich krampfhaft entgegen der Fluchtrichtung. Er konnte sich nicht mehr fürchten, nicht mehr laufen, nicht einmal mehr stehen. Er legte sich hin und starb.

Da verließ der Student Orest Perebyjnis das Gebüsch und ging düsteren Schrittes zu ihm hin. »Ein streunender Hund anstelle einer Stockente!«, lächelten ihn halb geschlossene Lippen bitter an. Aber totschlagen musste man ihn, damit er sich nicht quälte und der Student Orest Perebyjnis zündete ein Streichholz über dem Körper an.

»Ein ganz schöner Brocken!«, sagte er fest. »Ich habe ihn genau auf die Nase getroffen. Aber was ist das für eine Rasse? Das ist kein Dorfköter. Ist das ein Deutscher Schäferhund? Das ist ein – Wolf! Das kann nicht sein! Doch, das ist ein Wolf!«

Eine Welle der Freude durchschwemmte Perebyjnis' Kopf. Das war vielleicht sogar besser als eine Stockente. Er griff sich die Vorderpfoten des Wolfs und zog ihn hoch. Der Kopf des Wolfs fiel auf seine Schultern und das tote Gebiss schnappte zu.

Als sie dieses Schnappen hörte, konnte Klyms Kuh nicht mehr länger zögern. Sie kroch aus dem Sumpf und galoppierte schwer stampfend durch den Wald. Sie hob den Schwanz und brüllte, wobei sie vor Schreck schwere Kuhfladen klatschend auf die Erde plumpsen ließ.

XXIV

Der graue Wolf hatte seine Arbeit getan – er hatte die Liebenden wieder zusammengeführt, die der gute Baumpflanzer getrennt hatte – und jetzt ist er gestorben. Deshalb müssen wir jetzt die verständigen Leser und schönen Leserinnen bei der Hand nehmen und, so schnell wir können, zum Chalet des guten Baumpflanzers eilen, wo inmitten der Nacht die schöne Alceste leuchtete, heller als der schmutzige Schaum aus Bauernleinen, und auf dem Rand des hölzernen Bettes der gelehrte Doktor Leonardo saß.

Leider und bedauerlicherweise sind der verständige Leser und die schöne Leserin jedoch ganze drei Minuten zu spät. Als sich die Ereignisse bei Klyms Hütte und am Stockentensee zutrugen, konnten die langen Jahre der Reise Doktor Leonardos bereits ihren Abschluss finden.

Er war bereits aufgestanden und hatte sich wie eine Garbe in das klingende Heu fallen lassen, das auf der Prysba aufgehäuft war. Und hier, wie leblos in dem vom Tau silbernen Heu liegend, durchlebte er die außergewöhnlichsten Sekunden.

Als überzeugter Schopenhauerianer erklärte er sich diese Sekunden damit, dass der befriedigte, gesättigte Wille für einen kurzen Moment einschlief und der für diesen kurzen Moment befreite Intellekt aufleuchtete, wie ein ferner Blitz inmitten der tiefen Dunkelheit der geknechteten Existenz im Dienste des Willens. Dies durchlebte Doktor Leonardo in seinem vom Mond beschienenen Schlaf:

Eine belebende Wärme breitete sich über seinen gesamten Körper aus, über die Arme, über die Beine, bis zu den Finger- und Zehenspitzen, dann verschwand sie. Alle seine Muskeln schmolzen und lösten sich auf wie Salz im lauen Wasser. Sein Körper hörte auf zu existieren, derselbe Körper, der noch vor einer Minute die Erde auf den Kopf stellen konnte und die Welt befruchten wollte.

O Lada! Selbstgeschaffene Bilder schwammen an die Oberfläche, er stellte sie sich nicht vor, er sah sie vor sich in der Dunkelheit, bunter als das Leben, lebhafter als Halluzinationen.

Don José Pereira stand leibhaftig vor ihm. Seine Arme waren unter der Kyreja auf der Brust überkreuzt. Sein Gesicht war traurig und ernst und die Brauen kreuzten sich in einer Falte über den kränklichen Augen. Die Falte vertiefte sich und wurde größer und war plötzlich ein kleines Tal – darin lief ein grauer Wolf, ein Fremder aus fernen Wäldern. Seine gelben Augen leuchteten in der Dunkelheit auf wie Scheinwerfer, da wurde er zu einer Lokomotive, ohne Bahndamm und ohne Schienen kletterte sie aus dem Sumpf nach oben und zischte zwischen den Büschen. Die Büsche spitzten die Ohren, wie Hasen, und flitzten über die Felder in alle Richtungen davon. Ein poljanischer Stamm ging über die Felder, um einen Ort zu finden, an dem sich alle niederlassen konnten, und da, schon kräuselte sich der Rauch nach oben und es war so still – nicht ein Halm zitterte - und der Rauch schraubte sich immer höher, wie ein Baum und wurde dann tatsächlich zu einem Baum.

Der Baum erhob sich über dem Unterholz und stand inmitten des Sommers, zwischen Himmel und Erde. Seine Wurzeln durchdrangen die ganze Erde, seine Krone verdeckte die Wolken, in seine Rinde kroch die Sonne wie ein gelbglühender Käfer und es wurde dunkel. Doktor Leonardo war eingeschlafen.

XXV

Unterdessen hatte Don José Pereira, zwischen dessen Brauen der graue Wolf der Sehnsucht lief, nicht an der Prysba Halt gemacht, wo das schläfrige Heu lag, sondern das Zimmer betreten und sich neben die schöne Alceste gelegt und sie gab sich ihm hin und ehrte damit ihren Hass auf ihn. Er verschwand im morgendlichen Nebel und an seiner Stelle kam mit einem Wolfspelz der Student Perebyjnis des Wegs, um vom Wasser des Baumpflanzers zu trinken und legte sich ebenfalls neben die schöne Alceste; Doktor Leonardo schlief indes und sah all dies in seinem Traum im Heu. Orest Perebyjnis ging leise weiter und nun platzte, in alter Leidenschaft entflammt, der gute Baumpflanzer ins Zimmer. Er hatte seine Universalmedizin selbst getrunken, war wieder jung und schön geworden, die Haare unter seiner Nase blühten wie Hyazinthen, in den Furchen seines Gesichtes wuchsen anstelle von Stoppeln paradiesische Lilien und auch er machte sich daran, zur schönen Alceste ins Bett zu kriechen.

Sie selbst war aber aufgestanden und nun am Waschzuber mit dem Wasser. So kam es, dass der gute Baumpflanzer auf der Stelle nüchtern wurde, von der Liebe und den in Alkohol eingelegten Kräutern, und, nass aber höflich, die schöne Alceste auf ganz gewöhnliche Art und Weise fragte, ob es nicht an der Zeit wäre, den Samowar aufzusetzen, um ihren Tee zuzubereiten.

XXVI

Die Nacht aber, die ihren baldigen Untergang vorausahnte, schuf weiterhin Wunder um Wunder. Der Bauer Schildkröt und sein Gastgeber Klym versöhnten sich schließlich, küssten einander aufs Ohr und beschlossen, fischen zu gehen. Sie nahmen zwei Flaschen Branntwein und eine Zwiebel mit und machten sich so ausgerüstet auf den Weg zum Dinez. Nur die Angeln hatten sie vergessen.

Aber die Nacht schuf Mirakel um Mirakel und sie brauchten gar keine Angeln. Bauer Schildkröt konnte nicht einmal den Weg überqueren.

Es war eine verzauberte Nacht. Hoch und höher hob er seinen Fuß, um auf den Weg zu treten, aber als sein Fuß wieder sank, war er erneut im Gras. Und so hob der die ganze Nacht hindurch seinen Fuß bis zu den Sternen, die direkt über ihm funkelten, und immer fiel der Fuß wieder ins Gras und so bewegte er sich nicht um einen Schritt vorwärts, obwohl sein Rücken von der Erde fest gestützt und gehalten wurde.

Klym hingegen konnte seinen Fuß nicht heben. Sein Fuß ruhte so fest auf der Erde, dass man die Erde hätte aufbrechen müssen, um ihn anzuheben. Und die Sterne sah Klym nicht, nicht einen einzigen. Vor seinen Augen war es dunkle, feuchte, sternenlose Nacht, so nass und sandig, dass die Erde sich zwischen seine Zähne und in seine Nasenlöcher zwängte.

XVII

Vor Staunen und Wut und Angst im Angesicht solcher Wunder der Nacht schliefen der Bauer Schildkröt und sein Gastgeber Klym ein, bevor sie den Dinez erreichten.

Und die scheidende Nacht schuf weiter Wunder um Wunder. Ein Zug gebar im Bahnhof einen ganzen Haufen kleiner Kinder, nicht solche, die ängstlich am mütterlichen Rockzipfel hängen und ihren Rotz an ihrem Ärmel abwischen, sondern fröhliche, lebenslustige Kinder, die, gerade vom Zug geboren, den Bahnhof und den Bahnsteig in Besitz nahmen, so wie die Schwalben, die mit ihrem millionenfachen Zwitschern nachts im Schilf des Bilesees saßen.

Zu ihnen auf den Bahnsteig trat ein kleines Männlein mit schwarzem Schnurrbart und ölverschmierter Mütze. Das war der Schlosser Scharaban und er begann, Tabak in seine Pfeife zu stopfen. Er wartete auf die Morgendämmerung.

Aber bis zur Morgendämmerung war es noch lang und die Nacht schuf weiter Wunder um Wunder.

Der Student Perebyjnis nahm mit einiger Besorgnis wahr, dass sich die Gegend um ihn herum völlig verändert hatte. Wo sich Pfade befunden hatten, wuchs nun dichtes Gras. Wo Lücken im Wald waren, wucherte unumgängliches, undurchdringliches Unterholz. Der helle Weg verbreiterte sich zu einem kolossalen Streifen Stoppelfeld und löste sich in dornigen Furchen auf. Und überall war Wasser. Alles wurde von neuen riesigen Seen überschwemmt, die man weder umgehen noch durchwaten konnte. Jeder schwarze Streifen war Schilf und hinter dem Schilf war Wasser. Perebyjnis war bereits bis zum Gürtel durchnässt, aber es wurde nicht flacher. Er schwamm, aber auch Schwimmen war unmöglich – Seerosen schlangen sich um seine Beine und zogen ihn nach unten. Schließlich gab er es auf, einen trockenen Weg zu suchen und lief geradewegs dorthin, wo offenes Wasser zwischen den schwarzen Ufern glitzerte. Dort würde er frei schwimmen und dann schwimmend den Bahnhof erreichen können.

Aber die Nacht schuf Wunder um Wunder. Das offene Wasser, das vor ihm glitzerte, war Sand inmitten von Kiefern, trockener, weißer Sand, war aber bereits auf der anderen Seite des Dinez, beim Weiler Sadonezke. In dieser verzauberten Nacht tauschten die Ufer ihre Plätze. Der Student Orest Perebyjnis lief über den Sand, aber wohin, das wusste nur die Zaubernacht.

Dabei machte die Nacht aber nicht halt und trug ihren Zauber bis nach Smijiw. Mitarbeiter der Kooperative, die sich zu einem vorbasarlichen Treffen versammelt hatten, legten den Preis für eine Zwiebel fest und jener Preis, ein Wunder der Nacht, war höher als derjenige der Privatwirtschaft.

Scheidend schuf die Nacht das unglaublichste aller unglaublichen Wunder. Der Bachtyner Bauer Hryhorij Trusch ging, nachdem er mit anderen Baptisten in der Bibel gelesen hatte, um seine Reusen zu leeren und sah im Sumpf einen Teufel. Der Teufel watete durch den Sumpf wie ein Pferd, er selbst war schwarz wie der Sumpf und der Bauer Hryhorij Trusch floh nach Hause. Am Morgen fand er nur noch eine zerfetzte Reuse und nicht eine einzige Karausche. Es fanden sich lediglich am Ufer Spuren wie von übermenschlichen Füßen und ein stinkender Zigarettenstummel mit der Länge von drei Knöcheln, vom Sumpfteufel zurückgelassen, als würde er die menschliche Rasse verspotten wollen.

Aber als die Nacht mit ihren Wundern bis zum Bahnhof vordrang und einige der Kinder zu weinen begannen und nach ihrer Mama zu rufen, griff der Schlosser Scharaban ein und nahm den bewaffneten Kampf mit der Nacht auf.

Dazu stellte er aus seinen Helden zwei Partisanenregimenter zu jeweils acht Mann zusammen und schickte das zwei Regimenter starke Aufgebot mit dem Befehl zum Sammeln von Stöckchen in den Kiefernwald. Nachdem sie einen Haufen von Stöckchen aufgeschichtet hatten, wurde ein Ofen in den Sand gegraben und damit begonnen, Tee zu kochen und Kartoffeln zu backen. Der Schlosser Scharaban selbst lag im Sand am Feuer und begann erneut, Tabak in seine Pfeife zu stopfen, während er darüber nachdachte, wie er mit einem Schlag der Nacht und ihren unsäglichen Wundern ein Ende bereiten könnte. Er, konkret und materialistisch wie eine Unterlegscheibe, musste diesem mittelalterlichen Ballett ein Ende setzen.

XXVIII

So lag er lange da, bis er beim Betrachten des Mondes feststellte, dass der Mond einen Schlitz für einen Schraubenzieher hatte, zwar ausgeleiert und verkratzt von ungeschickten Händen, aber dennoch ein Schlitz. Ohne Zweifel war der Mond ein Hauptwundertäter und Komplize der Nacht bei ihren mystischen Tricksereien.

Ohne eine Minute zu verschwenden, holte der Schlosser Scharaban die Schraubenzieher aus seinem blechernen Werkzeugkasten und begann sie am Mond auszuprobieren, wobei er die stählernen Spitzen ins Licht hielt. Und siehe da, der Ischewsker Schraubenzieher mit dem genieteten Griff passte genau in den Schlitz.

Der Schlosser Scharaban steckte die Spitze genau in den Schlitz und begann mit so viel Kraft, wie er aufwenden konnte, ohne abzurutschen, den Schraubenzieher langsam zu drehen. Die Schraube war fest und verrostet, aber der Schlosser Scharaban drückte immer fester und schließlich begann der Schraubenzieher, sich langsam aber sicher zu drehen. Dann ging es leichter: der Schlosser Scharaban schraubte den Mond ab und legte ihn neben sich in den Sand. Dort wo der Mond war, blieb am Himmel ein bleicher runder Fleck inmitten des uralten schwarzen Rosts zurück.

Damit gab sich der Schlosser Scharaban nicht zufrieden und

machte sich daran, die Sterne abzumontieren, er schraubte einen ganzen Berg davon ab, aber am Himmel blieb immer noch eine Armee von ihnen zurück.

Der Schlosser Scharaban rauchte eine Pfeife. Es war sogar ein wenig schade um die alte Himmelsmaschine, aber die Zeit verging und am Ende landete sowieso alles im Schmelzofen. Also nahm sich der Schlosser Scharaban ein stählernes Locheisen und begann die Sterne mit den Schlägen seines Hammers auszustanzen. Bumm! Ein Stern rollte vom Himmel. Bumm! Ein Stern rollte vom Himmel. Bumm! Bumm! Bumm! Die Sterne rollten über den dunklen Rand der Erdwerkbank. Bumm! Bumm! Bumm! Von den Sternen blieben nur bleiche Spuren am dunkelrostigen Himmel zurück.

Auf diese Weise stanzte er fast alle Sterne aus dem Gewand der Nacht. Aber einer wollte nicht nachgeben und wurde unter den Schlägen des Hammers nur immer heißer. Bumm! Bumm! Bumm! Der Stern saß auf seinem Platz und glühte lediglich in einem roten Schein. Der Schlosser Scharaban begriff, dass das der Morgenstern war und ließ mit dem Locheisen von ihm ab.

Stattdessen stellte er sich an den Schmiedeblasebalg und begann auf den Stern zu blasen. Der Stern glimmte und flammte auf und von dem Blasebalg ausgehend lief eine Dämmerungsbrise über die Erde.

XXIX

Die Brise nahm Fahrt auf und wurde stärker, aber der Schlosser Scharaban stand immer noch am Blasebalg. Schließlich fielen, vom Wind getragen, Funken des Sterns auf den Horizont und dieser fing an zu brennen. Schweiß floss dem Schlosser Scharaban herunter, sein Hemd flatterte im Wind, der es auf seinem Weg trocknete, und er blies und blies immer weiter. Asche stieg in Wolken über dem Schmiedeofen auf und der Wind wehte die Wolken hoch über den Horizont, aber immer noch wollte die alte Maschine nicht brennen, sondern glühte lediglich in einem rostigen Rot.

Plötzlich hingen Dutzende der Kinder am Seil, um Scharaban zu helfen; langsam, aber immer deutlicher entflammte der Horizont. Der Schlosser Scharaban wischte sich mit dem Ärmel den Schweiß von der Stirn und wachte auf. Die Sonne war aufgegangen.

XXX

Nachdem die schöne Alceste zwei Geliebte gehabt hatte, schlief sie süß und fest ein, ohne zu träumen. Sie schlief jenen toten Schlaf, über den der Schopenhauerianer Leonardo sagte, dass der Mensch in diesem Schlaf die zukünftige und vergangene Wahrheit erlebe wie eine Hellseherin und all das nur wegen der falschen und fantastischen Träume des Einschlafens und Aufwachens vergesse.

Sie war in ihrer Heimat Italien, sie hatte einen Sohn – schwarze Wimpern und himmelblaue Augen – und ihr Mann, Doktor Leonardo Pazzi hatte eine Nickeltafel im Stil Mantegnas an seiner Tür. Sie schlief so fest, dass sie nicht einmal merkte, wie der Tartaros sich öffnete und sie verschlang, ohne dabei ihren Manteau, den Lippenstift und den Flakon mit den Padueser Aromen zu vergessen.

Der gelehrte Doktor Leonardo kämpfte länger. Er erwachte ganz kurz vor der Welt, als die Morgenbrise das Heu bewegte und seinen Körper mit einem kalten Schaudern, seinen Geist aber mit einer Freude, so prall wie ein Apfel, füllte, und da spürte er, wie die Prysba unter ihm langsam anfing nachzugeben und auseinanderzufallen und er in die Tiefe sank. Er fiel, wie im Traum, in ein Erdloch.

»Verschwinde, Tartaros!«, flehte Doktor Leonardo. »Ich bin schließlich nicht nur der Tragödienchor in dieser Flora-Fauna-Komödie. Nein, ich bin der zentrale Liebende dieses Buches, sein unglücklicher Pierrot, und während meine Bemerkungen, Kommentare und Erläuterungen die dekorativen Ornamente dieses Buches sind, so ist meine Liebe echt, warm und lebendig und diese gibt mir das Recht, auf ewig inmitten dieser Täler und Hügel zu leben.«

Dennoch sank er stetig tiefer und war schon auf der Höhe des Erdbodens.

»Ich bin umhergewandert und habe gelitten!«, rief er verzweifelt aus und griff nach dem taufeuchten Heu, das Heu glitt ihm jedoch aus den Händen und nur ein trockener Stängel Thymian blieb zwischen seinen Fingern zurück – mit dem Thymian als Erinnerung an die Slobidische Schweiz verschlang ihn der Tartaros.

Als er morgens mit der Berdanka hinausging, um sich zu versichern, dass keine Bretter geklaut wurden, sah der gute Baumpflanzer die zerstörte Prysba. Zunächst zog er pantagruelistische, gulliverische Schlüsse[XVII] über die Kraft der Liebe zwischen Doktor Leonardo und der schönen Alceste, aber schnell begriff er, was hier im Gang war, und trat ängstlich einen Schritt von der schwarzen Lücke in der Prysba zurück.

»Fürchte dich nicht, guter Baumpflanzer«, erklang die ferne Stimme Doktor Leonardos unter der Erde. »Dein Gesicht, die Farbigkeit deiner Rede und deine abgesägte Berdanka haben dich vor dem Tartaros gerettet. Als bäuerlicher Räsoneur konzipiert, bist du in deiner Rolle völlig aufgegangen und wirst in deinem Chalet bis zu deinem Tod leben. Lebewohl!«

Der gute Baumpflanzer aber erschrak sich so sehr, dass er in seinen Keller stieg und dort bis zum Abend blieb. Erst am Abend nahm er sich eine Schaufel und füllte die Prysba auf, die »ein paar Rowys zerstört hatten«.[XVIII]

Der Student Perebyjnis entkam dem Tartaros in jenem nächtlichen Moment, da er beschloss, durch das tiefe Wasser bis zum Bahnhof zu schwimmen und so auf trockenen Sand gelangte. Der Sand war trocken wie die Sonne und luftig wie ein Traum – mehr als einmal versuchte der Tartaros sich zu öffnen, aber immer wieder wurde er mit Sand bedeckt. Nun war er schon in der Nähe des Bahnhofs.

Der Bauer Schildkröt spannte betrunken und schläfrig sein Pferd im Morgengrauen an und fuhr zum Bahnhof. Er nahm die Bedrohung gar nicht wahr, die über ihm und seinem treuen Pferd Wolodko hing. Zwar erschienen und verschwanden zu beiden Seiten des Weges vor seinen Augen lange schwarze Spalte, aber er wusste genau, dass er gestern getrunken hatte, und glaubte nicht, was er sah.

»Ich hätte keine Rote Beete essen sollen«, sagte er. »Gurken sind das einzig Wahre! Dann würde es jetzt auch nicht so vor meinen Augen flackern!«

Und für alle Fälle schlug er sein treues Pferd Wolodko mit der Peitsche zwischen die Ohren.

XXXI

Unterdessen erhob sich der Morgen über dem Bahnhof, eine tägliche große Freude für Arbeiter, Bauern und Jäger, unbekannt den anderen, die nur die tägliche Wehmut des Abends kennen.

Es war – ein Anfang, der sein Ende nicht kennt. Es war – ein Kind, das sich selbst genügt. Es war – ein Morgen und deshalb trat er bereits morgens in die Welt.

Bauer Schildkröt rieb sich lange die Augen. Auf ihn zu liefen die Kinder und der Schlosser Scharaban kam pfeiferauchend hinterher, wie der Kommandeur einer berittenen Hundertschaft.

»Fahr wieder zurück«, sagte leise, aber bestimmt der Schlosser Scharaban. »Nimm den Nachwuchs mit, Schildkröt, bring ihn nach Hajdary.«

Und die Kinder schwärmten auf die Wagonette wie Bienen.

»Siehst du, Schildkröt«, sprach der Schlosser Scharaban weiter, als das treue Pferd Wolodka wieder auf den Weg trat, auf dem sie gekommen waren. »Früher habe ich Partisanenregimenter kommandiert und gegen Machno, Denikin und Petljura gekämpft. Jetzt habe ich es mit diesen Schweinchen zu tun, die ich in die Natur bringen soll.

Nun. Sie werden die Natur einfach aufnehmen, wie es Wachteln und Weizen tun. Sie werden sie essen und trinken wie Brot und Milch, ohne die Umständlichkeit der Intelligenzija, aber auch ohne deine kommerzielle Herangehensweise, o Bauer Schildkröt. Nur sie, unsere Kinder, werden ein echter Teil unserer Landschaft. Nur sie werden in allem echt sein, unsere sozialistischen Kinder.

In uns steckt noch viel Falsch und Fehl. In den Arbeitern steckt es und in den Bauern noch mehr. Bist du ein Bauer, Schildkröt?«

»Ein Graf bin ich nicht«, antwortete der Bauer Schildkröt würdevoll.

»Nun, dich wird es nicht mehr lange geben. Und auch deine Brüder wird es nicht mehr geben, ihr seid ein mittelalterlicher Typus. Deine Kinder und meine, sie werden gleichermaßen Arbeiter sein, in grauen oder grünen Fabriken. Verstanden?«

»Was soll das heißen, mittelalterlicher Typus!«, entgegnete Bauer Schildkröt entrüstet. »Sie, Genosse, operieren präsumtiv mit Formeln und Definitionen, die es bei den Klassikern des Marxismus nicht gibt. Ich, Bauer Schildkröt, sage Ihnen: ich war, bin und werde sein. Fichte und Hegel ...«

»Drohe mir nicht mit Zitaten, ich bitte dich«, sagte der Schlosser Scharaban. »Ich respektiere dich, Mittelbauer Schildkröt, aber du bist wie Klyms Kuh. Du hebst deinen Schwanz und stößt mit deinen Hörnern. Du kaust denselben Gedanken auf ewig wieder und willst immer zwei Mägen haben, nicht nur einen. Du warst und du bist, aber du wirst nicht sein. Gib mir die Hand, zukünftiger Arbeiter einer grünen Fabrik.«

Der Bauer Schildkröt wischte seine Hand an der Hose ab und gab die Hand dem Schlosser Scharaban. Der Schlosser Scharaban paffte seine Pfeife und durch die blauen Schriftrollen aus Rauch zeichneten sich bereits die unglaublichen Konturen der Slobidischen Schweiz ab.

EPILOG

Zehn Jahre vergingen und viel Wasser floss durch die Seen, den Dinez und den Trydinez. Dniprelstan lieferte günstige elektrische Energie. Der Bauer Schildkröt kochte sich ein Hühnchen in einem elektrischen Kessel und plauderte gleichzeitig am Telefon mit dem Gemeinderat über die Notwendigkeit, unverzüglich Regen für die Felder zu produzieren. Das odachlose Rieslein, das erst das Sanatorium und dann die Schule besuchte, wurde Professor für Römisches Recht und lebte in derselben Gartenstadt wie der Ingenieur Perebyjnis, Orest. Sie trafen sich oft beim Tennis, plauderten über vergangene Zeiten und behielten die Reise in die Slobidische Schweiz in guter Erinnerung.

Der Großvater kam von seiner langen Wanderung zurück in die Heimat, starb und wurde neben seinem Hund begraben. Der gute Baumpflanzer versöhnte sich mit seinem Sohn, dem Rieslein, besuchte ihn oft in der Gartenstadt und lernte, Rasentennis zu spielen.

Nur über eines kann ich Ihnen nichts sagen, lieber Leser und noch liebere Leserin, darüber, was mit dem Tyrannentöter Don José Pereira, dem gelehrten Doktor Leonardo und der schönen Alceste passiert ist, nachdem sie ihre Reise beendet hatten, ich kann Ihnen darüber nichts sagen, da es weder Don José Pereira noch Doktor Leonardo noch die schöne Alceste jemals auf Erden gegeben hat und sie weder in die fernen Steppen noch in die Slobidische Schweiz gefahren sind.

Ich habe sie erfunden.

NACHWORT

»Landschaft kann in der Literatur also in der herkömmlichen deskriptiven Form nicht adäquat behandelt werden. Aber falls ein Autor zufällig auf die Idee kommen sollte, die reziproken Rollen von Landschaft und handelnden Personen zu vertauschen, wäre das eine andere Sache. Die Personen, als reine Pappkameraden, als bewegliche Dekoration konzipiert, können dennoch der Beschreibung einer Landschaft die nötige Bewegung verleihen (aufgrund der natürlichen Neigung des Lesers, ihren Wegen zu folgen, als ob es sich um echte, lebendige Menschen handelte), und damit einen *Landschaftsroman* recht lesbar machen. Aber so etwas wurde noch nie bewusst versucht.«

Ja! Meinem Herzen lieber Leser und meinen Augen noch liebere Leserin! Das, was Sie gerade gelesen haben, ist die Übersetzung des englischen Zitates, das diesem Buch voransteht.

Mit Reue im Herzen und gesenktem Blick, den er nicht zu heben wagt, gibt der Autor demütig zu, dass er Sie, schöner Leser und schöne Leserin, im Verlauf des ganzen Prologs und der ganzen Reise an ihren (klassischen) Nasen herumgeführt hat. Der Autor tat so, als würde er (wie jeder anständige Literat) sich anschicken, Ihnen echte Menschen und ihre echten Reisen an dekorativen Orten mit den Schildern *Steppe* oder *Ort in der Nähe des Weilers Koropowe* vorzuführen. Stattdessen hat dieser Autor, der Ihnen unbedingt die echten Landschaften der Steppe und der Waldsteppe zeigen wollte, diese mit all der Ernsthaftigkeit und Aufrichtigkeit ausgemalt, zu der er fähig war, und in dieser keine Mühen gescheut.

Aber, so dachte sich der Autor, weder der verständige Leser noch die schöne Leserin werden etwas über diese Landschaften lesen wollen und das Buch weglegen, bevor sie auch nur auf der dritten Seite angelangt sind. Also griff der Autor zu ein paar Tricks.

Aus schönem Karton hat er menschliche Figuren ausgeschnitten, auf Holzstämme geklebt, sie grob mit kräftigen Farben bemalt, durch ihre Pappnabel Draht geführt und sie heiter unter die sengende Sonne der lebendigen, echten Steppe und die feuchten Lumpen der Bergahorne in der Slobidischen Schweiz gezogen. Und damit der Leser nicht anfängt zu denken, diese Figuren seien lebendig, hat der Autor an den dramatischsten Stellen ihre Pappbrüste zerrissen und seinen zerzausten Kopf hindurchgesteckt und (der verständige Leser und die schöne Leserin mögen ihm hundert Mal verzeihen) sie manchmal auch einfach mit kaltem Wasser aus theatralischen Feuerwehrschläuchen abgeduscht.

Also, meine Lieben, seien Sie nicht verärgert wegen der Drähte und dem Karton, dem zerzausten Autorenkopf und der kalten Duschen, auch nicht, weil die Figuren, in einem lächerlichen Tanz, erscheinen, verschwinden, Ihnen den Rücken kehren und Sie überhaupt mit ihrem absurden Verhalten schwindeln lassen. Nirgends steht geschrieben, dass ein Autor eines literarischen Werkes sich dazu verpflichtet, lebendige Menschen durch dekorative Landschaften zu führen. Er kann das Gegenteil versuchen und dekorative Menschen durch lebendige und reichhaltige Szenerien führen.

Und wenn Sie, verständiger Leser und schöne Leserin, dieses Landschaftsbuch bis zum Ende gelesen haben, ohne einzuschlafen, wie viel sie auch auf den Autor wegen seines Kartons und seiner verdammten Drähte geflucht haben mögen, so erachtet dieser seine Aufgabe als erfüllt (wenngleich er sich nicht mehr ganz sicher ist, ob es einen Sinn hatte, sich diese Aufgabe zu stellen). Also Adios! – wie die Spanier sagen – Lebewohl.

ENDNOTEN

I Das ukrainische Sprichwort ›nach Riga fahren‹ bedeutet so viel wie ›sich erbrechen‹ und basiert auf der lautlichen Ähnlichkeit von ›Ryha‹ (Ukr. für Riga) und ›ryhaty‹ (ukrainisch für ›sich erbrechen‹).

II »Vil-vola, kin-kona, pip-popa«: Der Ochse-des Ochsen, das Pferd-des Pferdes, der Pope-des Popen.
»Dim-domu, kin-konu, bib-bobu«: Das Haus-des Hauses, der Einsatz-des Einsatzes, die Bohne-der Bohne.
»W tschys-tim po-li kraj do-rohy ja pere-stri-wa-ty-mu ... did ... doda i dawatymu jomu kusen chlib ... chloba«: Etwa: Auf freiem Feld, nahe des Weges werde ich dem ... den Opa treffen und ihm ein Stück das ... des Brotes geben.
»Did jisty-me chlib i kotyty-me bib«: Der Opa wird das Brot essen und die Bohne rollen.
»Ja pokynuv Barselonu, - Kin-konu, lin-lonu, Ne pobatschu jiji srodu. - Lid-lodu; did-dodu«: Ich verließ Barcelona, - der Einsatz-des Einsatzes, der Flachs-des Flachses, Ich werde es nie wieder sehen. - Das Eis-des Eises; der Opa-des Opas.

III ›Pererva‹ bedeutet auf ukrainisch ›Pause‹ oder ›Unterbrechung‹.

IV Ironischer Selbstbezug Johansens: Das Gedicht entspricht fast exakt dem in *Jasen* (1930) veröffentlichten Gedicht *Stepamy maje sywa boroda* .... Genannt sei hier auch noch die fehlende, ›vergessene‹ Zeile, die eine weitere Doppelbödigkeit offenbart:
»...
das Irij, wo sie alle zusammenkommen.«
Irij (auch Vyrij oder Yrij) ist in der slawischen Mythologie ein außerweltlicher, paradiesähnlicher Ort.

V Anspielung auf den Roman *Krasnaja swesda* (Der rote Stern/Planet, 1907) beziehungsweise sein später erschienenes Prequel *Inschener Menni* (Ingenieur Menni, 1912), in denen eine kommunistische Gesellschaft auf dem Mars und der Weg dorthin beschrieben werden.

VI Bezieht sich auf die in Osteuropa verbreitete Gewohnheit, in geselliger Runde Sonnenblumenkerne zu essen.

VII ›Sa zarja Tomka‹ (›unter Zar Tomko‹) bedeutet im Ukrainischen ›vor sehr langer Zeit‹, meistens als Wortspiel in der festen Verbindung mit ›koly bula semlja tonka‹ (›als die Erde flach/dünn war‹).

VIII Mit Königsfischer ist der Eisvogel (englisch: Kingfisher) gemeint, dessen englischen Bezeichnung ins Ukrainische übersetzt wird. Die ukrainische Bezeichnung ist erfunden und weist auf die zahlreichen Synonyme hin, mit der der Vogel bezeichnet wird.

IX Perebyjnis heißt übersetzt ›Brichdienase‹

X Das ukrainische Sprichwort ›Wyjidenoho jajzja ne warto‹, übersetzt ›Kein gegessenes Ei wert sein‹, bezeichnet eine bedeutungslose, wertlose Sache oder Person.

XI Bezieht sich auf das ukrainische Volkslied *Oj, nastupala ta tschorna chmara (Oj, die schwarze Wolke ist näher gekommen).*

XII Bezieht sich wohl auf die Nobile-Nordpol-Expedition von 1928, bei der das Luftschiff Italia abstürzte und die darauf folgenden Rettungsaktionen ein großes internationales Echo auslösten. Der (eigentlich schwedische) Ozeanologe Finn Malmgren machte sich zusammen mit zwei italienischen Kameraden auf, um zu Fuß Hilfe zu suchen, und starb unter ungeklärten Umständen.

XIII Bile bedeutet ›der Weiße‹, Chreschtschate ›der Kreuzförmige‹ und Tscherwone ›der Rote‹.

XIV Gruß der sowjetischen Pioniere.

XV Underwood bezieht sich auf die berühmte Schreibmaschine.

XVI ›Mager wie ein türkischer Heiliger‹ bezieht sich auf die ukrainische Redensart ›holyj jak turezkyj swjatyj‹ (›nackt wie ein türkischer Heiliger‹), was soviel wie ›sehr arm‹ bedeutet.

XVII Bezug auf die beiden literarischen Riesenfiguren Pantagruel und Gulliver sowie die überspitzte, satirische Natur der beiden Werke.

XVIII ›Rowys‹ ist eine absichtliche Verballhornung von Rowdys.

PERSONEN

ARAKTSCHEJEW, ALEXEJ ANDREJEWITSCH

Graf Alexej Andrejewitsch Araktschejew (1769-1834) wurde von Zar Alexander I. mit der Einrichtung sogenannter ›Militärischer Siedlungen‹ (russisch: Wojennyje poselenija) beauftragt, deren Bewohner gleichzeitig in der Landwirtschaft tätig sein und für das Militär bereitstehen sollten.

CRIVELLI, CARLO

Carlo Crivelli war ein italienischer Maler (ca. 1430 - ca. 1500)

DENIKIN, ANTON IWANOWITSCH

Anton Iwanowitsch Denikin (1872-1947) war einer der wichtigsten Kommandeure der Weißen Armee im Russischen Bürgerkrieg.

DOROSCH

Dorosch, ein Saporoger Kosake, der im 17. Jahrhundert gelebt haben soll, hat laut Legende nach seiner Zeit als Krieger ein zurückgezogenes Leben als Bienenzüchter geführt. Die Erlöse aus dem Verkauf seines berühmten Honigs soll er einem Kloster und Menschen in Not gespendet haben.

DOWBNJA, WENIAMIN MYCHAJLOWYTSCH

Weniamin Mychajlowytsch Dowbnja war ein Charkiwer Fotograf (1875-?)

MACHNO, NESTOR IWANOWYTSCH

Nestor Iwanowytsch Machno (1888-1934) war ein ukrainischer Anarchist, der im Russischen Bürgerkrieg Anführer einer Bewegung war, die zeitweise große Teile der heutigen Ukraine kontrollierte.

MANTEGNA, ANDREA

Andrea Mantegna (1431-1506) war ein bedeutender Maler und Kupferstecher der italienischen Renaissance. Nach ihm sind auch die bekannten Mantegna Tarocchi benannt, eine populäre, oft kopierte und bearbeitete Serie von 50 Kupferstichen, die Tarotkarten ähneln. Nach Ansicht von Experten wird ihm diese Serie allerdings fälschlicherweise zugeschrieben.

MONOMACH, WOLODYMYR II. WSEWOLODOWYTSCH

Wolodymyr II. Wsewolodowytsch, genannt Monomach, (1053-1125, Großfürst von Kyjiw 1113-1125), schrieb in seinen ›Powtschanni‹ (Lehren), dass er einmal von zwei Auerochsen mitsamt seinem Pferd auf die Hörner genommen worden sei.

NETSCHOSA, HRYZKO

Gemeint ist Grigori Alexandrowitsch Potjomkin (1739-1791). Hryzko ist eine Ableitung der ukrainischen Form Hryhorij (Georg) und Netschosa bedeutet wörtlich ›ungekämmt‹.

PETLJURA, SYMON WASSYLJOWYTSCH

Symon Wassyljowytsch Petljura (1879-1926) war von 1919-1920 Präsident der Ukrainischen Volksrepublik, des ersten ukrainischen Nationalstaates.

PRIMO DE RIVERA, MIGUEL

Miguel Primo de Rivera (1870-1930) war ein spanischer General und von 1923-1930 Diktator in Spanien.

SANJURJO Y SACANELL, JOSÉ

José Sanjurjo y Sacanell (1872-1936) war ein spanischer Militär und neben Francisco Franco und Emilio Mola einer der Offiziere, deren Militärputsch am 17. Juli 1936 zum Spanischen Bürgerkrieg führte.

STRUVE, LUDWIG VON

Mit ›Professor Struve‹ ist wahrscheinlich Ludwig von Struve

(1858-1920) gemeint, der ab 1894 in Charkiw lehrte und einer deutsch-baltischen Astronomendynastie entstammte.

SYNJAWSKYJ, OLEKSIJ NAUMOWYTSCH

Oleksij Naumowytsch Synjawskyj (1887-1937) war ein ukrainischer Linguist und leistete wichtige Beiträge zur Standardisierung der ukrainischen Sprache.

ZARIN KATHARINA

Gemeint ist Katharina die Große (1729-1796), russische Zarin (1762-1796).

GLOSSAR

ANILIN

Anilin ist ein wichtiger Baustein synthetischer blauer Farbe.

ÄPYORNIS

Äpyornis, auch Elefantenvogel genannt, war ein großer flugunfähiger Vogel, der auf der Insel Madagaskar lebte und vermutlich im 12. oder 13. Jahrhundert ausstarb.

ARSCHIN

Ein Arschin war eine Maßeinheit im Russischen Reich und entspricht in etwa 0,71 Meter.

BERDANKA

Abgeleitet von den russischen Berdan-Gewehren des späten 19. Jahrhunderts wurde Berdanka zu einer Sammelbezeichnung für Schrotflinten.

BORSCHTSCH

Borschtsch ist eine in Ostmittel- und Osteuropa verbreitete Gemüsesuppe, deren wichtigste Bestandteile Rote Beete und Weißkohl sind.

BUNTSCHUK

Ein Buntschuk ist ein Stab, an dem oben ein oder mehrere Rosschweife befestigt sind. Buntschuks waren ein wichtiges Symbol der Hetmanwürde bei den Saporoger Kosaken.

CHOCHOL

Chochol, abgeleitet von der Haartracht der ukrainischen Kosaken, ist im Russischen und Polnischen (chachoł) eine abfällige Bezeichnung für Ukrainer.

DINEZ

Der Dinez (auch Donez, voller Name Siwerskyj Donez (ukrainisch) bzw. Sewerskij Donez (russisch)) ist ein über 1000 km langer Nebenfluss des Don im Osten der Ukraine und Südwesten Russlands.

DNIPRELSTAN

Dniprelstan kurz für ›Dniprowska Elektrostanzija‹ bezeichnet das größte Wasserkraftwerk der Ukraine am Dnipro (heute ›Dniprowska Hidroelektrostanzija‹), das 1932 in Betrieb genommen wurde.

EPATIEREN

Epatieren (vom französischen ›épater‹) bedeutet in etwa ›erstaunen‹, ›erschüttern‹ oder ›schocken‹. Der Ausdruck ist eng verbunden mit dem Motto ›Épater la bourgeoisie‹ der französischen Finde-Siècle-Dichter.

ERECHTHEISCH

Bezieht sich auf den mythischen König Erechtheus (deutsch ›Erderschütterer‹) von Attika.

GROSSRUSSISCH

Großrussisch steht für russisch, im Gegensatz zu kleinrussisch (ukrainisch).

GURIJEWBREI

Gurijewbrei ist ein Grießbrei mit Nüssen, Honig und getrockneten Früchten.

HARAPNYK

Nahajka und Harapnyk (im Deutschen auch Kantschu) sind Peitschen mit kurzem oder gar keinem Stiel, die unter anderem im russischen Militär verwendet wurden.

HIN

Das Hin (Pl. Hony) ist ein altes ukrainisches Längenmaß und entspricht zwischen 120 und 240 Metern.

HORILKA

Horilka (von ›hority‹ - ›brennen‹) ist das ukrainische Äquivalent zu Wodka.

HRYWNJA

Die Hrywnja war in der Zwischenkriegszeit zeitweise parallel zum Karbowanez im Umlauf, hatte jedoch einen geringeren Wert.

ISCHEWSKER SCHRAUBENZIEHER

Ischewsk ist eine russische Stadt, die für ihre Eisen- und Stahlproduktion sowie ihre Waffen- und Maschinenindustrie berühmt ist.

KARBOWANEZ

Karbowanez hieß der Rubel in der Ukraine.

KOMSOMOLZE

Mitglied des Komsomol, der Jugendorganisation der Kommunistischen Partei der Sowjetunion.

KOPEKE

Eine Kopeke ist der hundertste Teil eines Karbowanez.

KOROWAJ

Ein Korowaj ist ein traditionelles Hochzeitsbrot.

KOTLETY

Kotlety sind Frikadellen aus Hackfleisch oder -fisch, Zwiebeln und meistens Ei.

KURKUL

Kurkul ist das ukrainische Äquivalent zu Kulak, in der Sowjetunion ein Kampfbegriff zur Diskreditierung selbstständiger Bauern.

KWASS / KUASS

Kuass ist eine absichtliche ›italienische‹ Verballhornung von Kwass, einem schwach alkoholischen Getränk, dass durch die Gärung von Malz, Mehl oder Brot gewonnen wird.

KYREJA

Eine Kyreja war eine Art Stoffmantel, der bei den Kosaken verbreitet war und einen höheren sozialen Status anzeigte.

LADA

Lada (auch Laura, Lado(na) oder Lupa) war eine slawische Gottheit, wahrscheinlich eine Gottheit der Liebe.

LJACHEN

Pejorative ukrainische Bezeichnung für Polen.

LOPAN

Der Lopan ist ein Nebenfluss des Udy, der wiederum ein Nebenfluss des Dinez ist. Er fließt durch das Zentrum von Charkiw.

MACHORKA

Machorka, auch ›Bauerntabak‹ genannt, ist eine starke, grob geschnittene russische Tabaksorte mit hohem Nikotingehalt.

MAKOTERT

Ein Makotert, häufiger Makitra genannt (weitere Bezeichnungen sind Makiterka, Makortet, Makartet), ist eine große runde Tonschüssel, in der mit einem speziellen Rührstab beispielsweise Kuchenteig oder Quark aufgeschlagen wird.

MANTEAU

Der Manteau bezeichnet ein im 17. Jahrhundert in Frankreich aufgekommenes Damenobergewand.

MEZZOTINTO

Mezzotinto (auch Schabtechnik oder Schwarzdruck) ist ein sehr aufwendiges Tiefdruckverfahren, dessen Erzeugnisse dem Eindruck von Gemälden sehr nahe kommen. Das 1642 erfundene Verfahren wurde vor allem im 17. und 18. Jahrhundert angewendet.

MONOPOLKA

Eine Monopolka war ein staatliches Geschäft, in dem Alkohol verkauft wurde.

MOSKOWSKA SILSKA PROMYSLOVIST (MOSSILPROM / MOSSELPROM)

Die *Moskowska Silska Promyslowist*, besser bekannt als Mossilprom (auf russisch Mosselprom, kurz für *Moskowskoje objedinenie predprijatij po pererabotke produktow selskochosjajstvennoj promyschlennosti (*Moskauer Vereinigung von Einrichtungen zur Verarbeitung von Erzeugnissen der landwirtschaftlichen Industrie)) war eine staatliche Organisation für den Vertrieb von Lebensmitteln in der Sowjetunion, die von 1922-1937 bestand. Berühmt ist sie heute noch für ihr konstruktivistisches Zentralgebäude in Moskau sowie ihre konstruktivistischen Werbeplakate.

MSCHA

Der Mscha ist ein Nebenfluss des Dinez.

NAGANT

Der Nagant, auf ukrainisch Nahan (russisch: Nagan), war ein von 1895 bis 1945 produzierter, vor allem im Russischen Reich und der Sowjetunion gebrauchter Revolver, der zu einem Symbol der Revolutionszeit wurde.

NAHAJKA

Nahajka und Harapnyk (im Deutschen auch Kantschu) sind Peitschen mit kurzem oder gar keinem Stiel, die unter anderem im russischen Militär verwendet wurden.

NAINSUKH

Nainsukh (aus dem Hindi übersetzt etwa Augenfreude) ist ein leichter Baumwollstoff.

NALIWKA

Eine Naliwka (von ›nalywaty‹ - ›aufgießen‹) ist ein Likör aus Obst, Honig, Wurzeln und diversen Kräutern.

NOWA BAWARIJA

Nowa Bawarija (übersetzt ›Neu-Bayern‹) ist der Name eines Stadtviertels in Charkiw, der sich von einer dort in der Mitte des 19. Jahrhunderts gegründeten Brauerei eines bayerischen Auswanderers ableitet.

OLLA PODRIDA

Olla podrida ist ein Eintopf aus Fleisch und Gemüse, der seit dem 16. Jahrhundert als spanisches Nationalgericht galt.

PAPIROSSA

Papirossy (Pl. von Papirossa) sind Zigaretten, die in der Sowjetunion sehr beliebt waren. Sie sind nur zu einem Viertel bis einem Drittel mit Tabak (Machorka) gefüllt.

PELMENI

Pelmeni sind mit Fleisch gefüllte Teigtaschen.

PEON

Der spanische Begriff Peon bezeichnet eine Person in einem unfreien Arbeitsverhältnis, einen Tagelöhner, Landarbeiter etc.

PIERROT

Der Pierrot ist eine durch den Pantomimen Jean-Gaspard Debureau ab 1816 aus früheren Vorläufern entwickelte sympathische, naive und melancholische Bühnenfigur, die im Folgenden oft als Vorlage für Liebhaberrollen diente.

PLACHTA

Eine Plachta ist der rockähnliche, untere Teil der ukrainischen Frauentracht, bestehend aus einer bis zu vier Meter langen Tuchbahn aus gefärbter Wolle.

PLOMBIR

Plombir ist eine russische Eiscreme.

POLITGRAMMATIK

Eine Politgrammatik war eine Art Lehrbuch, eine Einführung in das kommunistische System.

POLITKOMMISSAR

Die Institution des Politkommissars stammt aus der Zeit des Russischen Bürgerkriegs und diente der Sicherstellung der politischen Zuverlässigkeit von Soldaten und Offizieren der Roten Armee.

POLJANEN

Die Poljanen waren ein ostslawischer Volksstamm der im Frühmittelalter am Dnipro in der nördlichen Zentralukraine verortet werden kann. Sie sollen unter anderem die Stadt Kyjiw gegründet haben.

PRYSBA

Die Prysba war ein Erdwall, der zum Schutz der Wände rund um das Haus lief und als Aufenthaltsort eine zentrale Funktion innerhalb der Familie und Dorfgemeinschaft einnahm.

PUD

Ein Pud war ein im Russischen Reich gebräuchliches Gewichtsmaß und entsprach in etwa 16,38 kg.

SAKUSKA

Sakuska (wörtlich etwa ›Dazu-Happen‹) bezeichnet vor allem in Ost- und Ostmitteleuropa zu alkoholischen Getränken eingenommene Speisen.

SAPOROGER

Die Saporoger Kosaken bildeten vom 16. bis ins 18. Jahrhundert einen Herrschaftsverband, ein Hetmanat, mit einem Hetman an der Spitze und einer Sitsch als Mittelpunkt. Dieses Staatsgebilde spielt für das Selbstverständnis der Ukraine eine entscheidende Rolle.

SASCHEN

Der Saschen war ein im Russischen Reich gebräuchliches Längenmaß, das etwa 2,13 m entsprach.

SCHLANGENWALL

Die Schlangenwälle sind ein antikes Wallsystem in gewundenen Formen in der Nähe von Kyjiw (2. Jahrhundert v. Chr.-7. Jahrhundert n. Chr.).

SLOBIDISCHE HAUPTSTADT

Mit der Slobidischen Hauptstadt ist Charkiw gemeint.

SLOBIDISCHE SCHWEIZ

Die ukrainische Bezeichnung ›Sloboschanska Schwajzarija‹ bezieht sich auf die als ›Sloboschanschtschyna‹, ›Slobidschtschyna‹ oder ›Slobidska Ukrajina‹ bezeichnete Region um Charkiw. Da für die ›Sloboschanska Schwajzarija‹ kein gebräuchliches deutsches Toponym existiert, wurde die ältere, ans Russische angelehnte Bezeichnung ›Slobodische Ukraine‹ unter Berücksichtigung der ukrainischen Form für die Bildung des Namens ›Slobidische Schweiz‹ herangezogen, die einerseits eine enge Anlehnung an das Ukrainische ermöglicht und andererseits die intendierte Anspielung auf andere als ›Schweiz‹ bezeichnete Regionen (Fränkische Schweiz, Sächsische Schweiz) und damit die enge Verbindung der Ukraine mit (West-)Europa durch die Analogie der Namensbildung verdeutlicht.

SOLONETZ

Solonetz ist ein harter, salzhaltiger Boden, der vornehmlich in semiariden Klimazonen vorkommt.

SOPILKA

Die Sopilka ist eine traditionelle ukrainische Flöte, die ursprünglich von Hirten gespielt wurde.

TARTAROS

Als Tartaros wird in der griechischen Mythologie der tiefste Ort der Unterwelt bezeichnet.

TAURISCHE STEPPE

Taurien ist der antike Name der Krim. Das russische Gouvernement Taurien umfasste neben der Krim auch große Teile der heutigen Südukraine.

TERROFASERIT

Terrofaserit war ein künstlicher Schiefer aus Zement und Asbest, der zum Dachdecken verwendet wurde.

TROGLODYT

Troglodyt (altgriechisch) bedeutet so viel wie ›Höhlenbewohner‹.

TRYDINEZ

Dreigabelung des Dinez.

TSCHAJKA

Als Tschajka (auf deutsch ›Möwe‹) bezeichnete man die kleinen, wendigen Schiffe der Saporoger Kosaken.

TSCHERWONYJ PEREZ

Tscherwonyj Perez war der Name einer 1927 in Charkiw gegründeten Satirezeitschrift, der übersetzt ›Roter Pfeffer‹ bedeutet.

TSCHUMAK

Als Tschumak bezeichnete man eine Klasse von Fernhändlern des Späten Mittelalters und der Frühen Neuzeit, die mit einem Ochsenfuhrwerk unter anderem Salz und Fisch vom Schwarzen und Asowschen Meer in das Gebiet der heutigen Ukraine brachten.

WERNYDUB

Wernydub ist eine ukrainische Märchenfigur, zu der die Gegenstücke Wernyhora und Wernywoda (auch Krutywus) existieren. Sie können Wälder (›Dub‹ heißt ›Eiche‹), Berge (›Hora‹ heißt ›Berg‹) und Gewässer (›Woda‹ heißt ›Wasser‹) beeinflussen. Wernydub kann entsprechend (schon als kleiner Junge) Bäume ausreißen oder eindrücken, Wernyhora kann Berge umstürzen und Wernywoda kann Gewässer mit seinem Bart umleiten und teilen.

WERSCHOK

Ein Werschok war ein im russischen Reich gebräuchliches Längenmaß und entsprach etwa 4,45 cm.

WERST

Ein Werst ist eine alte Längeneinheit des Russischen Reiches und entspricht etwa 1,068 km.

BIOGRAPHISCHE NOTIZ

Von Johannes Queck

Mike (Majk) Johansen (Pseudonyme: Willy Wetzelius (Willi Wezelius), M. (Mychajlo) Kramar) wurde als Mychajlo Herwasijowytsch Johansen am 16. / 28. (nach julianischem / gregorianischen Kalender) Oktober 1895 in Charkiv als Sohn eines Deutschlehrers deutschbaltischer Abstammung aus Lettland mit schwedischen Vorfahren und einer Ukrainerin aus der Nähe von Starobilsk (heute Oblast Luhansk) geboren. Seine Leidenschaft für Sprachen und das Schreiben zeigte sich früh: Schon im Alter von neun Jahren will er ein deutsches Gedicht über Alter und Tod in die Kellertür geritzt haben, wie er in einer Fakt und Fiktion kunstvoll verwebenden »Autobiografie« in der Zeitschrift *Literaturnyj jarmarok - Literarische Messe*[1] berichtet. Dort bezeichnet sich Johansen auch als »Übersetzer aus den Sprachen aller Völker der Welt«, was auf seine tatsächliche Polyglossie verweist - er beherrschte neben dem Deutschen und Ukrainischen auch Russisch, Polnisch, Englisch und die alten Sprachen Latein und Griechisch, außerdem wohl auch Französisch, Italienisch und Spanisch sowie weitere slawische und skandinavische Sprachen.

1 Johansen, Mike: Awtobiohrafija Majka Johansena, in: ders.: *Wybrani twory*, hg. von Rostyslaw Melnykiw, Kyjiw 2009, S. 716-718.

Er übersetzte Shakespeare und Schiller, aber auch zeitgenössische Literatur wie Erich Mühsam, Johannes R. Becher oder Valentin Katajew ins Ukrainische. Dementsprechend fühlte er sich eng eingebunden in die (west-)europäische Kulturtradition. So eng verbunden, dass er mütterlicherseits eine Herkunft von Cervantes' Schwester konstruiert, die sich in einen Kosaken verliebt habe, eine Geschichte, die wohl als Allegorie für die Vereinigung europäischer und ukrainischer Kultur in der Person und dem Werk Johansens gelten kann. Dafür spricht auch, dass er vorhat, nach seinem Tod, den er für das Jahr 1942 vorhersagt, mit Hesiod, Heine und Cervantes eine »kluge Unterhaltung« zu führen – und zwar auf Ukrainisch, »weil ich glaube, dass unsere blumige Heimat ein Diamant in der Traube der freien Völker der Welt ist.«

Johansen besuchte das Gymnasium und die Universität in Charkiw, wo er an der Historisch-Philologischen Fakultät studierte und 1917 mit einer Arbeit zum *Ablativus absolutus und anderen absoluten Fällen im Lateinischen und Griechischen* abschloss. Im Anschluss an sein Studium arbeitete er als Dozent für Ukrainische Sprache in Poltawa und später in Charkiw, wo er auch Allgemeine Sprachwissenschaft unterrichtete. Seine philologische Ausbildung spiegelt sich zudem in seinen theoretischen Schriften zum Verfassen von Gedichten (*Elementarni sakony wersyfikaziji (wirschuwannja) – Elementargesetze der Versifikation (Dichtung)*, 1922) und Prosa (*Jak budujetsja opowidannja – Wie man eine Geschichte baut*, 1928), phonetischen Studien sowie seiner Mitarbeit an verschiedenen ukrainischen und russisch-ukrainischen Wörterbüchern und der ukrainischen Orthografie von 1928.

In erster Linie sah sich Johansen jedoch als Schriftsteller, als der er sowohl Prosa und Lyrik als auch Theaterstücke und Drehbücher verfasste. Letztere umfassten insbesondere das Drehbuch zum Film *Svenyhora*, der am Beginn des ukrainischen Kinos steht – wobei der Regisseur Oleksandr Dowschenko das Drehbuch im Nachhinein jedoch stark veränderte und die beiden Verfasser ihre Namen daraufhin aus den Credits entfernen ließen – sowie einige Kollaborationen mit Les Kurbas' berühmtem *Beresil*-Theater, das für die Entwicklung des ukrainischen Theaters im 20. Jahrhundert maßgeblich war.

Begonnen hatte Johansen aber als Lyriker: Zunächst schrieb er seine Gedichte auf Deutsch und Russisch, ab 1918 dann auf Ukrainisch, und entdeckte nach eigener Aussage in einer weiteren »Autobiografie«,[1] dass diese »natürlicher herauskamen«. 1921 wurde sein erster Gedichtband *D'hori – Zu den Bergen* veröffentlicht, dem die Bände *Revoljuzija – Revolution* (1923), *Krokoweje kolo – Der Tanzkreis* (1923), *Proloh do komuny – Prolog für die Kommune* (1924) und *Dorobok – Gesammelte Gedichte* (1924) folgten. Weitere wichtige Bände sind *Jasen – Die Esche* (1930) und *Baljady pro wijnu i widbudowu – Balladen über den Krieg und den Wiederaufbau* (1933). Johansens Gedichte waren ein Meilenstein der ukrainischen Literatur. Sie zeugen von einer hohen Kunstfertigkeit, beeindruckender Bildung und, vor allen Dingen zu Beginn seines Schaffens, von einer ausgeprägten Originalität und Experimentierfreude.

Die Prosawerke Johansens standen seiner Poesie in Bezug auf ihre Qualität und Originalität jedoch in nichts nach. Im Jahr 1925 veröffentlichte er seine erste Kurzgeschichtensammlung *17 chwylyn – 17 Minuten* und noch im gleichen Jahr unter dem

1 Johansen, Majk: Awtobiohrafija, in ders.: *Wybrani twory*, hg. von Rostyslaw Melnykiw, Kyjiw 2009,
S. 719-721.

Pseudonym Willy Wetzelius den Roman *Pryhody Mak-Lejstona, Harri Ruperta ta inschych – Die Abenteuer von MacLayston, Harry Rupert und anderen*, der als erster ukrainischer Bestseller gilt – schon im Jahr seines Erscheinens wurden insgesamt 100.000 Exemplare gedruckt. In diesem Roman finden sich bereits viele charakteristische Züge der Prosa Johansens, wie beispielsweise die Ausstellung der Fiktionalität des Geschriebenen und die Verwischung der Grenzen zwischen intra- und extradiegetischer Welt. Auch das Verwirrspiel um die Autorschaft des Romans ist für Johansen typisch: Hinter Willy Wetzelius steckt laut dem Vorwort Anton Reinke, ein in der Ukraine geborener Deutscher, der im Kampf gegen den Faschismus in Deutschland starb. »Aufgedeckt« wird dieser Umstand von einem gewissen M. K., die Abkürzung von Johansens Pseudonym Mychajlo Kramar, der nach eigener Aussage als Herausgeber und Übersetzer fungiert. 1931 veröffentlichte Johansen noch zwei weitere Kurzgeschichtensammlungen (*Schyttja Haja Serhijewytscha Schajby – Das Leben des Haj Serhiejewytsch Schajba* und *Opowidannja pro Majkla Parkera – Geschichten von Michael Parker*) und 1932 schließlich die endgültige Fassung der *Podorosch utschenoho doktora Leonardo i joho majbutnoji kochanky, prekrasnoji Altschesty u Sloboschansku Schwejzariju – Die Reise des gelehrten Doktor Leonardo und seiner zukünftigen Geliebten, der schönen Alceste, in die Slobidische Schweiz*. In der Folge wandte er sich unter dem Druck der Doktrin des sozialistischen Realismus unverfänglicheren Texten zu und verfasste Kinder- und Reiseliteratur sowie humoristische Texte.

Von Beginn seiner schriftstellerischen Karriere an engagierte sich Johansen auch innerhalb der literarischen Szene der Ukraine für eine Stärkung der ukrainischen Literatur. Bereits im Jahr 1921 unterzeichnete er zusammen mit Mykola Chwylowyj und

Wolodymyr Sosjura das Manifest *Nasch universal do robitnyztwa i proletarskych mytziw ukrajinskych - Unser Universal an die ukrainischen Arbeiter und proletarischen Künstler*, eine Streitschrift für eine Literatur im Dienste der proletarischen Revolution. Alle drei rückten jedoch mit der Zeit von dieser Position ab und plädierten für eine eigenständige, anspruchsvolle ukrainische Literatur in einer europäischen Tradition. Sie verließen deshalb 1925 die ukrainische Schriftstellervereinigung *Hart - Standhaftigkeit*, die sich infolge des Streits um die Indienstnahme der Kunst durch die proletarische Revolution auflöste, und schufen mit Gleichgesinnten die Vereinigung *Waplite (Wilna akademija proletarskoji literatury - Freie Akademie der proletarischen Literatur)*. Der politische Druck erhöhte sich jedoch beständig und schon im Jahr 1928 musste *Waplite* die Arbeit einstellen. Die meisten ehemaligen Mitglieder von *Waplite* starteten mit der kurzlebigen Organisation *Prolitfront (Proletarskyj literaturnyj front - Proletarische literarische Front, 1930-1931)*, einen letzten Versuch, der Monopolisierung der ukrainischen Literatur durch die *WUSPP (Wseukrajinska spilka proletarskych pysmennykiw - Gesamtukrainische Vereinigung proletarischer Schriftsteller)* zu entgehen. Johansen aber gingen deren Zugeständnisse bereits zu weit. Er gründete 1928 die Vereinigung *Techno-mystezka hrupa A - Techno-künstlerische Gruppe A*, die sich jedoch bereits 1930 wieder auflöste und nur wenig bewirken konnte.

Eine Zäsur markiert der geplante und inszenierte Selbstmord von Johansens altem Freund und Mitstreiter Chwylowyj am 13. Mai 1933. Dieser hatte zu einer Runde unter Freunden eingeladen, der auch Johansen angehörte. Irgendwann zog er sich in sein Arbeitszimmer zurück, wo er sich erschoss. Ab diesem Zeitpunkt war wohl auch Johansen bewusst, dass sein Traum von einer eigenständigen, selbstbewussten, europäischen ukrainischen Literatur und Kultur für ihn nicht in Erfüllung gehen würde. Seine künstlerische Kompromisslosigkeit musste auch er schließlich, obwohl niemals antikommunistisch eingestellt, mit dem Leben bezahlen. Am 27. Oktober 1937 wurde er aufgrund von konstruierten Vorwürfen der Mitgliedschaft in einer erfundenen »ukrainischen bourgeois-nationalistischen Terrororganisation« als ein Opfer der Massenhinrichtungen anlässlich des 20. Jahrestages der Oktoberrevolution erschossen und somit ein Teil jener unter Stalin ermordeten ukrainischen Schriftsteller, die, nach dem Titel einer Anthologie aus dem Jahr 1959, als *Rosstriljane widrodschennja – Hingerichtete Wiedergeburt* bezeichnet werden.

Die Reise des gelehrten Doktor Leonardo ... kann mit einigem Recht als das wichtigste Werk Johansens und eines der Schlüsselwerke der *Ukrainischen Avantgarde* der 1910er -1930er Jahre bezeichnet werden. Einen Hinweis darauf gibt schon der Umstand, dass der Roman vom ukrainischen PEN einer Liste von 100 bedeutenden Werken hinzugefügt wurde, die als Anstoß für einen unabhängigen ukrainischen Kanon wirken sollen.[1] Er erschien 1928 und 1929 in zwei getrennten Teilen (die Geschichte Don José Pereiras war zunächst von derjenigen Leonardos und Alcestes getrennt) in der von Johansen mitbegründeten Zeitschrift *Literaturnyj jarmarok*. 1930 wurden die beiden Teile schließlich zusammengefügt und in Buchform veröffentlicht, 1932 erschien dann die endgültige Fassung, unter Hinzufügung des Dritten Buches.

Der Roman verweigert dem Leser jeglichen festen Boden unter den Füßen. Ohne Zweifel von den russischen Formalisten

1 PEN Ukraine: Vid Skoworody do sohodennja. 100 snakowych tworiw ukrajinskoju mowoju, online unter: https://pen.theukrainians.org (zuletzt abgerufen: 26.05.2022).

beeinflusst, ist vor allem die von Viktor Schklowskij ausgearbeitete Theorie der Verfremdung als Verfahren der Literatur auf jeder Seite gegenwärtig. Das Alltägliche wird besonders und damit reflexionsfähig, wobei insbesondere die Augen des Reisenden eine wichtige Rolle spielen. Das Reisen war für Johansen, der selbst mehrere Beschreibungen seiner eigenen Reisen veröffentlichte, schließlich nicht nur eine Tätigkeit, sondern zugleich eine Metapher des Lebens und eine Methode, seinen Geheimnissen auf die Spur zu kommen.

Der Roman ist voller poetischer Sprachkraft, mehrdeutiger Verweise, metafiktionaler Verwirrspiele und tiefsinniger Reflexionen – in erster Linie aber ein ungeheures Vergnügen. Das deckt sich mit der von Johansen in *Jak budujetsja opowidannja* ausgegebenen Devise: »Der soziale Wert der Kunst entspricht in etwa dem Wert von Eis und Selters im Sommer und von heißem Tee im Winter. Die sozial produktive Funktion der Kunst ist dieselbe, wie die eines Karussells oder eines harmlosen Spiels; das Wort ist eine der Möglichkeiten, sich zu erholen.«[1] Ohne eine Psychologisierung des Romans betreiben zu wollen, der jeder Hermeneutik durch seine inhärente Ironie und Doppelbödigkeit ohnehin spottet, so kann doch festgehalten werden, dass der Mensch hinter dem Roman mit seinen Interessen und Leidenschaften in diesem deutlich hervortritt: ein »starker und freundlicher Mensch, ein Jäger und Fischer, Reisender und Linguist«,[2] wie ihn sein ehemaliger Student Stepan Kryschaniwskyj im Vorwort zu einer 1989

1 Johansen, Mike: Jak budujetsja opowidannja, in: ders.: *Wybrani twory,* hg. von Rostyslaw Melnykiw, Kyjiw 2009, S. 361–475, hier S. 371.

2 Kryschaniwskyj, Stepan: Romantyk revoljuzijnoho slowa, in: Johansen, Mike: Poesiji, hg. von Stepan Kryschaniwskyj, Kyjiw 1989, S. 17-42, hier S. 18.

veröffentlichen Sammlung von Johansens Gedichten charakterisiert, zudem ein Sportler, Spieler und geselliger Lebemann, aber auch ein nachdenklicher, vielseitig interessierter Gelehrter.

Einen plastischen Eindruck von Johansens Wesen und seiner Poetik, die in *Die Reise des gelehrten Doktor Leonardo* ... wiederzufinden ist, vermittelt auch die folgende Beschreibung seines Weggefährten Jurij Smolytsch:

»Mike Johansen legte folgenden Maßstab an die Qualität eines Essayisten an: ein jeder sollte eine fesselnde Reise durch das eigene Zimmer und ein Buch über eine Streichholzschachtel schreiben können. Mike selbst war natürlich viel zu faul, sowohl über eine Reise durch das eigene Zimmer als auch ein Buch über eine Streichholzschachtel zu schreiben, aber bei einer Tasse Tee und guter Laune konnte er wirklich fesselnd von seinem Zimmer erzählen (Geografie, Geschichte, Technologie, die gesellschaftliche Rolle eines jeden Gegenstands: der Möbel, Geräte, Kleidung, Bücher usw.); er konnte wirklich ohne Ende bis spät in die Nacht von einer solchen Streichholzschachtel oder einer Packung Zigaretten erzählen (Pflanze, Produktion, gesellschaftliche Beziehungen, die Leute, die sie herstellten oder anderes). Und die jungen Autoren von *›USch‹ [Uniwersalnyj schurnal - Universelle Zeitschrift*, von 1928-1929 bestehende ukrainische Zeitschrift] hörten gespannt auf seinen Rat und Mike selbst blieb in all seinen zahlreichen Broschüren über Reisen, ob zu Kolchosen oder Fabriken und neuen Gebäuden oder auch einfach auf die Jagd, sich selbst und seinem glänzenden Talent treu.«[1]

1 Smolytsch, Jurij: *Rozpowid pro nespokij*, Teil 1, Kyjiw 1968, S. 140.

Wer *Die Reise des gelehrten Doktor Leonardo* ... liest, glaubt diesen Zeilen sofort. Und wenn man dann doch eine Aussage, eine Moral der Geschichte festhalten will, so ist es wohl am ehesten diese: dass man zwar keinen festen Boden unter den Füßen erlangen kann, dass diese Leichtigkeit des Seins, wenn man sie mit Humor nimmt, aber erträglich ist.

LITERATUR

Zymbal, Jaryna: Traveller, Hunter and Philosopher. The life and death of Mike Johansen, Ukraine's pioneer of magic realism, in: *The Ukrainian Week (International Edition)*, 23.12.2015, online unter: https://ukrainianweek.com/Culture/154192.

Johansen, Majk: Awtobiohrafija, in ders.: *Wybrani twory*, hg. von Rostyslaw Melnykiw, Kyjiw 2009.

Johansen, Mike: Jak budujetsja opovidannja, in: ders.: *Wybrani twory*, hg. von Rostyslaw Melnykiw, Kyjiw 2009, S. 361–475.

Koscheliwez, Iwan / Stech, Marko Robert: Yohansen, Maik, in: *Internet Encyclopedia of Ukraine*, 2006, online unter: http://encyclopediaofukraine.com/display.asp?linkpath=pages%5CY%5CO%5CYohansenMaik.htm.

Kratochvil, Alexander: *Mykola Chwylowyj. Eine Studie zu Leben und Werk* (Slavistische Beiträge 379), München 1999, S. 48-50.

Kratochvil, Alexander: Ukrainische Literatur, in: *Enzyklopädie des Europäischen Ostens*, online unter: https://eeo.uni-klu.ac.at/eeo.aau.at/index3801.html?title=Ukrainische_Literatur.

Kryschaniwskyj, Stepan: Romantyk revoljuzijnoho slowa, in: Johansen, Majk: *Poesiji*, hg. von Stepan Kryschaniwskyj, Kyjiw 1989, S. 17-42.

Lysenko, Ivan (Hg.): Retschnyk ukrajinskoji kultury. Majk Johansen u spohadach, lystach, materialach, Kyjiw 2003.

Melnykiw, Rostyslaw: Ljudyna s chymernym jmennjam, in: Johansen, Majk: *Wybrani twory*, hg. von Rostyslaw Melnykiw, Kyjiw 2009, S. 5-30.

PEN Ukraine: Wid Skoworody do sohodennja. 100 snakowych tworiw ukrajinskoju mowoju, online unter: https://pen.theukrainians.org.

Smolytsch, Jurij: *Rozpowid pro nespokij*, Teil 1, Kyjiw 1968.

secession